고객의 만족과 행복을 꿈꾸는 당신의 가게가
늘 활기차고 번창하길 바랍니다.

_____ 님께
_____ 드림

잘나가는
가게노하우
151가지

URIBA-ZUKURI 151 NO HINTO TO KUFU
by Yuzo Koda

잘나가는
가게 노하우
151가지

초판 1쇄 찍은 날 2007년 5월 7일 / **초판 1쇄 펴낸 날** 2007년 5월 14일

지은이 고다 유조 / **옮긴이** 김진연 / **펴낸이** 서경석

편집장 오태철 / **편집 책임** 정은경

펴낸곳 도서출판 청어람 / **등록번호** 제1081-1-89호 /
등록일자 1999. 5. 31 / **어람번호** 제3-0045호

주소 경기도 부천시 원미구 심곡1동 350-1 남성B/D 3F (우) 420-011 /
전화 032-656-4452 / **팩스** 032-656-4453
http://www.chungeoram.com / E-mail eoram99@chollian.net

ISBN 978-89-251-0473-7 03830

※ 파본은 구입하신 서점에서 교환하여 드립니다.
※ 저자와 협의하여 인지를 붙이지 않습니다.

잘나가는
가게 노하우

151
가지

고다 유조 **지음**
김진연 **옮김**

도서출판 청어람

시작하기 전에

'물건 팔기가 참으로 어려운 시대' 라고 불린 지가 꽤 오래됐다.

소비자의 물건을 보는 안목은 높아지고 라이프스타일은 다양화되었다. 또한 어설픈 점원보다 상품에 대한 지식이 많고 전문가 뺨치는 정보를 가지고서 그때그때 상황에 따라 가게를 선택하는 손님들이 늘고 있다.

이런 시대에는 특이한 판매방법으로 손님의 눈길만 끌면 된다고 생각하는 사람이 많다. 하지만 내 경험상 이런 방법은 일시적으로는 통할지 몰라도 결코 오래가지 않는다. 또 그런 가게를 꽤 많이 봐 왔다.

'잘나가는 가게 만들기, 매장 만들기' 는 가게를 경영하는 사람에게 지금까지 그랬듯이 앞으로도 중요한 테마가 될 것이다. 판매방법은 업종이나 업태에 따라 다르지만 보편적이고 공통된 기본이 존재한다. 그것은 바로 인간의 심리나 사회관습, 상식이나 본능 등에 뿌리내린 공통감각이다. 잘나가는 가게나 매장을 살펴보면 100%라고 해도 좋을 만큼 이 공통감각을 잘 이용한다.

이 책은 손님의 행동을 결정하는 다양한 요소를 바탕으로 어디까지나 '현장 제일주의', 즉 '매장에서 구체적으로 어떻게 하면 좋을까?' 의 관점에서 썼다. 외관, 조명, 배치, 진열 방법 등을 일러스트를 가미해서 테마별로 알차게 정리했고, 어려운 것도 쉽게 이해할 수 있도록 노력했다. 이로써 '여러 상황에서 어디를 어떻게 알면 물건이 팔릴까?', '물건이 팔리지 않는 이유가 무엇일까?' 등 당신의 의문이 확 해소될 것이다.

또 현대는 '고객만족 시대'라고 불린다. 예를 들어 사이즈가 맞지 않거나, 누가 봐도 전혀 어울리지 않는데 '어머, 너무 잘 어울리세요!'라고 말하며 손님에게 강매한다면, 나중에 반품을 당하거나 클레임의 원인이 되어 매출은 감소하고 손님이 두 번 다시는 그 가게를 찾지 않는 결과를 초래한다. 소매점에서의 고객만족도는 대부분 판매원의 태도로 결정된다. 이 책은 이런 점을 감안해서 손님을 대하는 방법에 많은 페이지를 할애했다. 그 결과 소프트웨어와 하드웨어 측면 모두에서 매장이나 가게를 회생시킬 수 있는 방법을 잘 풀어 놓은 책이 되었다고 자부한다. 물론 지금 창업을 꿈꾸는 사람에게도 많은 도움이 되리라 확신한다.

이 책을 읽는 모든 이의 가게가 항상 활기로 넘치길, 날로 번창하길 진심으로 바란다.

― 고다 유조

잘나가는 가게 노하우 151가지

CONTENTS

PART 1
손님을 끌어들이는 가게 '얼굴' 을 만들려면?

151 Variety Know - how

잘나가는 가게 노하우 151가지

✔ 가게 구조를 잘 만들려면?

1. 손님에게 어필하는 가게 구조란?

손님은 가게마다 이미지 등급을 매긴다. 이는 우선 가게의 외관이나 가게 앞쪽 등 외부 이미지를 보고 한 차례 정한다. 그 다음 받은 이미지에 따라 안에서 취급하는 상품의 가격, 품질, 서비스, 디자인 등을 연상하고, 이를 통해 최종 이미지 등급을 결정한다.

이때 자신이 미리 예측한 이미지 등급이 가게 안에 들어섰을 때 그 가게의 상품구색이나 가격, 품질 등과 균형을 이루지 못하면 불만을 느낀다.

가게 주인 입장에서 보면 이미지 등급은 가게의 '격'을 의미하는 것이다. 이는 가게의 역사, 지명도, 판매능력, 서비스, 종합적인 세련됨, 고상함 등에 의해 만들어진다.

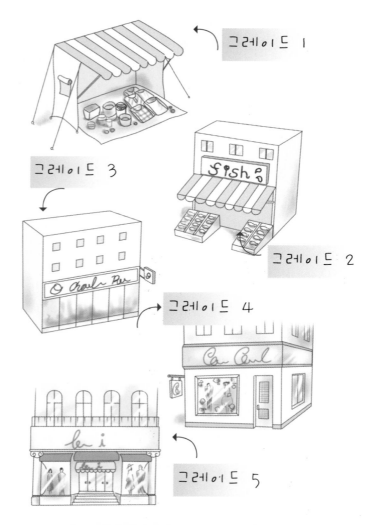

그레이드 1

그레이드 3

그레이드 2

그레이드 4

그레이드 5

▣ 외관의 이미지 등급은 크게 나누어 다섯 종류

일반적인 이미지 등급을 대략적으로 분류해 보면 다음과 같이 낮은 것부터 다섯 단계로 나뉜다. 참고로 어떤 이미지 등급이든지 간에 일년 내내 바겐세일을 하거나, 특가로 판매하는 횟수가 많으면 많을수록 손님이 느끼는 이미지 등급은 낮아진다.

- 그레이드 1

  이렇다 할 건물 없이 가게 앞에 물건을 내놓고 파는 시장이나 노점상 등이다. 이런 곳에서 취급하는 상품은 일용품 중에서도 비교적 저렴한 것이어서, 싼 물건만 판다는 이미지가 강하다.

- 그레이드 2

  건물 안에 있으며, 가게 앞에 판을 놓고 일용품을 개방 형식으로 진열해 판매하는 가게다. 그 예로 야채 가게나 생선 가게, 건어물 가게 등이 있다. 중급 수준의 일용품을 싼 가격에 판다는 이미지가 강하다.

  단 이 개방 형식 중에도 과자 가게나 액세서리 가게, 정육점, 생선가게 등처럼 내부 구조가 유리로 된 가게는 그레이드 3에 가까운 이미지가 강하다.

- 그레이드 3

  가게 앞이 투명 유리 스크린이나 문으로 되어 있는 중간형식(반 폐쇄형)으로, 보통은 문이나 창을 항상 열어 두는 가게다. 상품이나 디자인 등 모든 것이 보통이라는 이미지가 강하다. 일반적으로 보급품, 중급품을 판다.

  단 가게 앞에 상품이 툭 튀어 나오는 '돌출 진열'을 하면 이미지 등급이 그레이드 2에 가까워진다. 또 그레이드 3 타입이지만, 문이 닫혀 있어 밖에서 봤을 때 안이 어두운 가게는 이미지 등급과는 관계없이 나쁜 이미지를 준다. 이 외에도 문이 열려 있든 닫혀 있든지 간에 유리문이나 유리창에 제조업체나 가게 포스터, 전단지 등이 덕지덕지 붙어 있어 지저분한 가게도 손님이 들어가기 꺼려하게 만들어 이미지 등급이 1단계 이상 떨어진다.

· 그레이드 4

보통 가게 문이 닫혀 있고, 가게 앞에 창이 설치되어 있거나 벽면이 많은 폐쇄형 가게다. 일반적으로 전문용품을 판매하는데, 상품과 디자인이 좋고 중상 정도의 상품을 판매한다는 이미지가 강하다.

투명 유리나 유리창이 달린 문이 아니라 목제 문이면 더 고급스러워 보인다.

· 그레이드 5

그레이드 4의 조건에다 가게 앞이 도로보다 넓고, 위층이 아래층보다 들어가 있어서 진입로가 넓으며, 차양(Canopy) 등이 붙어 있는 가게다. 또 진입로가 없어도 디자인이 세련되고, 한 장짜리 대형 투명 유리 스크린을 사용하거나, 멋스러운 디자인 혹은 고급 장식품을 사용한 가게로 대개 전문용품이나 고가품을 판다는 이미지가 강하다.

그레이드 4나 5에 해당하는 상품을 팔면서 진열 방법이나 가게 구조는 그 이하 수준이면 손님은 당황한다. 그리고 이처럼 겉과 속이 다른 가게에는 두 번 다시 가지 않는다.

2. 손님의 발걸음을 끌어당기는 것은 외관, 즉 첫인상이 중요하다!

사람은 사물을 우선 외관으로 판단한다. 더욱이 처음 20초 동안 80%를 결정짓는다고 하니, 처음 봤을 때 받은 인상, 즉 첫인상은 매우 중요하다.

첫인상으로 선입관이 생기면 사람은 무의식중에 그것에 구애되는데, 이것을 심리학에서는 '저장개념의 노예' 라고 한다.

거리를 지나가는 사람이 어느 가게를 들어가든 그것은 그 사람 자유다. 이때 통행객의 눈에 가장 먼저 들어오는 것은 사람을 처음 만났을 때와 마찬가지로 가게 외관이다. 따라서 통행객은 가게 외관인 가게의 얼굴(Shop Face), 즉 '가게 구조'를 보고 그 가게를 판단한다.

또한 통행객은 가게의 얼굴을 멀리서부터 관찰하면서 들어갈지 말지를 결정하는데, 여기에 걸리는 시간은 눈으로 포착한 때부터 1분 이내라고 한다.

따라서 자기 가게의 얼굴이 통행객에게 어떻게 보이는지에 항상 관심을 기울이자.

3. 손님은 언제 가게의 좋고 나쁨, 좋고 싫음을 판단하는가?

건축가 경험측(경험법칙. 경험으로부터 귀납적으로 얻어진 사물의 인과관계와 성상에 관한 지식과 법칙_역주)에 '건물 높이의 2~3배 떨어진 곳에서는 건물 전체를 볼 수 있다' 는 내용이 있다. 이는 눈이 사물을 확실히 포착하는 범위, 즉 초점이 맞아 잘 보이는 범위를 대략적으로 표현한 것이다.

예를 들어 외관의 높이가 3m인 가게는 6~9m 정도 떨어져서 보면 전체적인 가게 구조가 확실히 보인다는 뜻이다.

사실 통행객 눈에는 이 거리보다 훨씬 먼 곳에서부터 가게가 보이지만, 이 정도 되어야 비로소 가게에 대한 좋고 나쁨, 좋고 싫음을 어느 정도 판단할 수 있게 된다고 해도 과언이 아니다. 일반적으로는 약 20~50m 정도 앞에서부터 판단한다고 한다.

자기 가게의 외관을 체크할 때도 이 정도 거리를 두고 보면, 손님의 시선으로 볼 수 있다. 손님이 되어 당신의 가게를 객관적으로 바라보자.

4. 가게 정체성이 있는가?

외관만 보고 어떤 상품을 판매하는 곳인지 파악하기 힘든 가게는 그
것으로 끝이다.

다시 말해 '어떤 상품을 어떤 판매 방식과 이미지로 팔 것인가' 라는
기본적인 가치관을 손님이 금방 알 수 있도록 구성되어 있느냐가 중요
하다는 뜻인데, 이러한 기본적인 가치관이 가게 영업활동이나 눈에 보
이는 모든 것에 반영된 것을 가게 정체성이라고 부른다.

가게 정체성에는 같은 장르의 물건을 팔아도 가격이나 품질 차이, 타
깃으로 삼은 손님의 성별, 연령, 라이프스타일 등에 의해 생기는 상품
이미지, 가게 역사나 그 상품이 생겨난 지역 문화의 이미지, 거기에 셀
프서비스인가 아닌가 등 판매 방식의 차이 등이 반영되어야 한다.

■ 상품 이미지에 맞는 외관

예를 들어, 같은 과자를 팔아도 원조라고 불리는 곳은 중후하고 그 역사를 느낄 수 있는 구조를 갖추었기 때문에 거리에 넘쳐 나는 보통 과자점과는 외관부터가 다르다.

또 똑같이 파스타 요리를 팔아도 일반 레스토랑이나 식당과는 달리, 정통 이탈리아 레스토랑은 정도의 차이가 있기는 하지만 그 나름의 이탈리아 문화를 느낄 수 있는 구조로 되어 있다.

따라서 한눈에 그 가게에서 취급하는 상품이 무엇인지 알 수 있도록 되어 있느냐 없느냐가 매우 중요하다.

▣ 여러 가지 사인

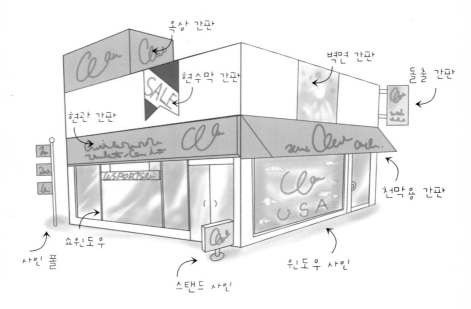

5. 손님이 좋아하는 외관을 만들려면?

건축이나 점포 디자인 업계에서는 가게 외관을 총칭해서 '점포외장(줄여서 외장)', 혹은 프랑스어로 '퍼사드(Facade)'라고 부른다.

일반적으로 '외장'은 손님에게 잘 보이는 건물의 정면 부분으로, 디자인된 2층까지를 말한다.

그리고 통행객이 가장 많이 보는 일층 지붕 부분까지를 가게 앞이라고 부른다.

일용품을 판매하는 가게나 음식점의 표준적인 가게 앞 구조는 입구위쪽의 일층 지붕 부분의 옥상 간판(루프 사인), 현관 간판(파라펫 사인. 1층과 2층 사이에 거는 간판_역주), 천막용 간판(Awning Sign)과투명유리로 된 입구나 쇼윈도우, 또는 윈도우 레스 윈도우 형식이라불리는 안이 훤히 들여다보이는 투명 유리벽(혹은 스크린, 커텐 월) 등앞유리 구조로 되어 있다.

6. 시각적인 디자인을 결정하고, 외관부터 가게 내부까지 통일된 이미지를 만들자

기업은 다른 기업과 차별화하기 위한 방편으로 코퍼레이트 아이덴티티(CI. 기업 이미지 통합_역주)를 확립한다. 심볼 마크나 회사명, 로고 타입, 코퍼레이트 컬러 등이 대표적인 CI다.

이와 마찬가지로 가게도 고객에게 보이고 싶은 이미지를 결정한 뒤,고객이 쉽게 알 수 있도록 외관부터 내부까지 시각적으로 통일된 이미지를 만들어야 한다. 이를 '가게 정체성(SI. Shop Identity)'라고 한다.

가게 정체성이 불명확한 가게는 상품구색, 가격, 점포 배치 등이 어딘지 모르게 부조화스러워서 손님들에게 위화감을 준다. '이 가게는 나랑 맞지 않는데' 라는 인상을 주어서는 단골손님이 생길 리 없다.

7. 인테리어 색 고르는 법

가게의 대표적인 가게 정체성으로는 점포 명 로고 타입과 인테리어 색이 있다.

로고 타입은 가게 경영이념을 이미지화하거나 취급상품의 이미지를 간판 종류의 문자로 표현한 것이다.

인테리어 색은 가장 강한 인상을 주므로 손님에게 보이고 싶은 이미지를 충분히 표현할 수 있는 색상을 골라야 한다. 이 인테리어 색은 외관의 일부인 천막용 간판이나 현관 간판뿐 아니라 모든 외관과 점내 디자인 등에 사용할 수 있고, 손님이 가게의 이미지를 기억하는 데 도움을 준다.

일반적으로는 식료품점이나 음식점, 스포츠 관련 점포, 캐주얼 의류점은 난색 계열이, 젊은 층을 대상으로 하는 점포는 파스텔 계열, 중·고급품을 취급하는 가게는 차분한 갈색이나 흰색, 회색, 파란색, 보라색 계열이 좋다.

8. 창틀이나 띳장에도 신경을 써서 색을 통일시키자

소형 점포의 표준적인 가게 앞 모습은 대부분 유리 구조로 되어 있어서, 가게의 개성이나 다른 가게와의 차별화가 거의 이루어지지 않는다. 현관 간판이나 천막용 간판, 유리로 이루어진 가게는 유리의 디자인 가공이나 테두리, 띳장(널빤지로 만든 울타리에 가로로 대는 띠 모양의 나무_역자) 정도로밖에 특징을 살릴 수 없기 때문이다.

그런데 대부분의 소형점포는 천막용 간판이나 현관 간판 등의 색상과 테두리, 띳장의 색상이 전혀 다르다. 가게 테두리나 띳장은 튼튼하고 유지·관리가 쉬운 새시로, 색상도 알루미늄 색, 스테인리스 색, 크롬 도금, 알루미늄에 도금한 갈색, 담백색, 회색, 검은색, 그리고 아주 드물게 베이지 등 거의 눈에 띄지 않는 어두운 색이 주를 이룬다. 물론 이렇게 하면 간판은 눈에 잘 띈다.

하지만 조금이라도 개성적인 외관을 만들려면 햇빛 가리개나 현관 간판 등의 간판과 테두리, 띳장의 디자인과 가게 앞 양쪽에 있는 측면 색상까지도 통일시켜야 한다.

참고로 구미의 소형점포는 구조가 유별난 것도 아닌데 왠지 모르게 각 가게의 개성이 물씬 풍긴다. 왜 그럴까? 햇빛 가리개나 현관 간판과 테두리, 띳장이 빨간색 계열, 청색 계열, 오렌지색 계열, 노란색 계열, 녹색 계열, 흑·백색 계열 등 같은 색상으로 되어 있기 때문이다.

9. 통일된 스타일이 당신 가게의 이미지를 결정한다

가게 외관 스타일도 중요하다. 이는 물론 인테리어 색을 통일시키는 것만큼 강한 인상을 주지는 못하지만, 손님들이 가게의 이미지를 결정하는 데 중요한 요소가 된다.

▣ 통일감 있는 외관

　스타일에는 자국의 전통적인 스타일, 서양의 각 시대별 건축이나 가
구의 양식을 이용한 클래식 스타일, 클래식 스타일을 모던화한 클래식
모던 스타일, 아메리칸 스타일, 근대적인 모던 스타일, 포스트모던 스
타일 외에도 판매방법에 따라 시장 스타일, 노점 스타일, 패스트푸드
스타일 등이 있다.

　가게 스타일을 외관부터 내부까지 통일시킴으로써 손님에게 어떤
가게로 보이고 싶은지를 표현하자.

10. 적어도 양쪽 옆에 있는 가게보다 조명을 밝게 해서 눈에 띄도록
　　하자

사람은 밝은 곳을 좋아하고 그런 장소에 자연스럽게 끌리는데, 이런 현상을 심리학에서는 '사바나 효과(Savanna Effect)' 라고 한다.

마찬가지로 가게 조명은 외관 이미지에 크게 작용한다.

전면개방식 가게는 물론, 투명 유리로 되어 내부가 비치는 시쓰루(See—Through) 타입의 가게도 내부 조명이 밖에서 잘 보이기 때문에 조명이 가게 앞의 이미지를 만드는 중요한 요소가 된다. 요즘 손님들은 내부가 어두운 가게를 싫어한다. 그런데 전면개방식이나 시쓰루 타입 점포처럼 밖에서 내부가 훤히 보이는 가게가 '어두침침한 얼굴' 을 하고 있다면 어떻겠는가? 손님은 들어가기가 꺼려질 것이다.

다시 말해 주위 가게보다 밝게 하면 손님이 든다는 뜻인데, 특히 '양쪽 세 집' 보다 밝아야 한다.

그리고 요즘은 낮부터 조명을 켜는 가게도 많은데, 주위 점포보다 밝은지 어두운지를 확인할 좋은 방법이 있다. 바로 조명을 켜기 시작하는, 어둑어둑해질 무렵에 밖으로 나와서 통행객이 실제로 가게를 보는 거리(약 20~50m)에서 가게를 바라보는 것이다.

11. '환한 얼굴' 과 '어두운 얼굴' 에 맞는 조명을 사용하자

사람 얼굴을 두고 '얼굴이 환하다', '얼굴이 어둡다' 라는 표현을 한다.

이와 마찬가지로 가게 외관에도 '환한 얼굴' 과 '어두운 얼굴' 이 있다. 예를 들어, 밤에 영업을 하는 가게 중에는 낮에 보면 왠지 모르게 칙칙하고 어두운 느낌을 주지만, 밤이 되면 화려한 조명을 밝혀 낮에는 전혀 상상하지도 못한 멋진 외관으로 탈바꿈해 지나가는 사람의 발길을 붙잡는 곳이 있다. 또 음식점 포렴(상점 출입구에 점포 명을 써 넣어 드리운 천_역주)은 휴식시간과 영업시간을 손님에게 알리는 간판인 동시에 영업시간 중에는 외관의 하나로 손님의 발을 잡아끄는 도구로 사용된다.

상점 영업시간은 목표고객과 취급상품에 따라 일반적으로 낮 영업, 주야 영업, 야간 영업으로 나뉘는데, 각각의 시간대에 맞는 가게 외관을 갖추는 일도 중요하다.

낮이나 주야 영업을 하는 점포는 밝게 빛나는 태양광 때문에 가게 외관이 잘 보인다. 따라서 점포 디자인이 밝은 느낌이어야 하고, 개성적인 인테리어 색을 사용해야 한다. 특히 낮과 밤 모두 영업을 하는 주야 영업 점포는 낮과 밤의 외관을 같게 하기 위해 조명에 더욱 신경을 써야 한다. 반면에 주로 야간에만 영업을 하는 가게는 밤에 맞는 조명과 디자인을 하면 된다.

요컨대 가게의 영업시간에 맞는 조명을 연구하자.

12. 나무나 화분으로 손님에게 편안함을 주는 외관을 만들자

그다지 화려하지 않은 건물이라도 외벽에 담쟁이덩굴을 심으면 결점이 커버되고 분위기 있는 곳으로 거듭난다.

또 외국에서는 건물 외벽이나 밖에서 보이는 창가, 테라스나 베란다, 발코니 등에 화초를 가득 심어 거리를 지나가는 사람들에게 즐거움을 선사한다.

이처럼 가게 외관이 그다지 빼어나지 않아도 외벽을 따라 나무를 심거나 화분을 장식해 놓으면 분위기 있게 변모한다.

환경보호나 힐링 붐으로 식물과 함께하는 환경이 요구되고 있는 지금, 나무나 화분은 통행객의 눈길을 끌고 나아가 그들을 가게로 끌어들이는 효과가 있다.

▣ 수목, 화초로 이미지 향상

물론 가게 앞에 있는 조그만 정원에 식물을 가득 심거나 벤치, 외등 등을 두면 더욱 좋은 분위기를 연출하고, 손님에게 편안함을 안겨 줄 수 있다.

단, 꽃이나 나무는 살아 있는 생명체이므로 매일 물을 주는 등 세심한 주의를 기울여야 한다는 사실을 잊지 말자. 손님이 방치된 나무를 보게 된다면 그 가게 점원이 꽤나 게으르다고 생각할 것이다. 이처럼 제대로 손질되지 않은 나무는 가게 이미지에 악영향을 미친다.

13. 유리 외벽이나 유리문에 포스터 등을 붙이지 말자

투명 유리벽은 가게를 밝게 보이게 할 뿐 아니라 밖에서 안이 잘 들여다보이도록 해 준다. 따라서 가게 안의 매력이나 손님이 물건을 사는 모습을 다 보이게 함으로써 통행객을 편안하게 만들고 가게 안으로 끌어들이는 효과가 있다. 또 가게 안에서 무슨 일이 일어나고 있는지 밖에서 훤히 다 보이기 때문에 심야 영업을 하는 가게의 경우 범죄 예방에도 효과적이다. 따라서 유리에 광고물이나 포스터, 전단지, 일러스트 등을 붙여서 이러한 장점을 무색하게 만드는 일은 삼가자. 이는 깨끗함을 전달하는 유리의 이미지를 일부러 더럽히는 행위다.

또 입구 유리문에 포스터 등을 붙이는 가게가 꽤 있는데, 이 또한 마이너스 이미지를 준다. 특히 손님 눈높이에 붙어 있는 포스터 등은 가게에 들어서려는 손님에게 저항감이나 혐오감을 주어서 가게에 못 들어오게 하는 역효과가 있다.

14. 전면 개장(改裝)해도 깨끗한 것은 2, 3년. 항상 청결하자

가게 외관에는, 깔끔하고 청결하며 아름다운 근대적인 외관과 상품을 아무 생각 없이 쌓아 놓은 듯한 더러운 외관, 그리고 오랜 역사를 느끼게 하는 외관 등이 있다. 일반적으로 손님은 청결하고 깨끗한 가게에 들어간다.

가게 외관은 전면 개장을 했더라도 2, 3년 정도 지나면 거리의 먼지 등으로 약간씩 더러워진다. 따라서 유리나 새시, 가게 앞 도로 등 청소할 수 있는 곳은 매일매일 청소해야 한다. 그리고 현관 간판이나 천막용 간판 등은 일정한 기간마다 한 번씩 청소하고 흠집이 난 곳은 곧바로 수리해야 한다.

참고로 편의점은 앞유리 등을 매일 청소해야 할 뿐 아니라, 한 달에 한 번은 꼭 옥상 간판이나 현관 간판을 청소한다.

일류 호텔에서는 더러워진 부분을 손님이 보기 전에 닦는다, 즉 '매일 정해진 시간에 반드시 닦는다' 는 정신을 종업원에게 철저하게 교육시키는 것이다.

15. 3~4년에 한 번씩 부분 개장을 하자

지금까지는 일반적으로 소형 점포는 외관을 포함한 전면 개장을 15~20년에 한 번, 부분 개장은 7~10년에 한 번, 부분적인 수리는 3~4년에 한 번 필요하다고 생각했다.

그래서 거리에 늘어선 대부분의 소형 점포는 15~20년 이상을 전의 외관 그대로 있다. 하지만 요즘은 하루가 멀다 하고 신상품과 새로운 판매형태가 등장하는 시대 아닌가? 지금까지와 같은 속도로 가게를 다시 꾸며서는 손님이 원하는 이미지나 분위기를 따라잡을 수 없다.

가게의 상품구색이나 판매방법을 바꾸는 일도 포함해서 빠른 속도로 점포를 개장하자.

잘나가는 가게 노하우 151가지

✓ 입구를 잘 만들려면?

1. 손님이 편안하게 들어올 수 있도록 상품에 따라 입구 모양을 바꾸자

당연한 이야기지만, 가게는 손님이 들어옴으로써 생명을 유지하는 것이다. 따라서 손님이 편안하게 들어올 수 있는 구조를 만들어야 한다.

입구를 만드는 방법에는 일반적으로 두 가지 형식이 있다. 하나는 입구를 활짝 열고 상품을 진열해 놓은 개방도 100%의 전면개방 스타일로, 이런 방식은 시장의 노점상, 야채가게, 가정잡화점, 할인점 등에서 많이 볼 수 있다.

또 하나는 입구에 문을 설치해서 개방도가 비교적 낮은 클로즈드 스타일인데, 이 경우 문이 가게 폭의 50% 이상을 차지하면 비교적 손님을 쉽게 들일 수 있다. 클로즈드 스타일에는 접이문으로 되어 있는 오픈 프론트 타입과 경첩문으로 되어 있는 클로즈드 프론트 타입 두 종류가 있다.

■ 전면개방(풀오픈) 스타일과 클로즈드 스타일

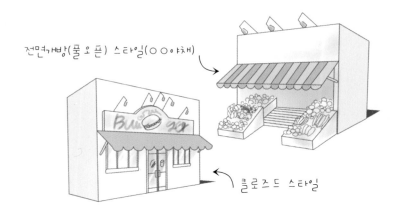

전면개방(풀오픈) 스타일(○○야채)

클로즈드 스타일

　또 문에도 강화유리인 투명 유리를 사용해서 가게 내부가 보이는 시쓰루 타입과 가게 내부가 보이지 않는 일반적인 문이 있다.

　판매하는 상품이 일용품일 때는 전면개방에 가까운 입구, 혹은 투명 유리를 사용한 시쓰루 클로즈드 스타일로 해서 문을 열어 두자.

　반면에 취급상품이 다른 가게와 비교해 보면서 사는 중·고가품일 때는 클로즈드 스타일이 좋다.

　다시 말해 손님이 손쉽게 사는 상품을 판매할 때는 밖에서도 상품이 보이도록 하고, 신중히 생각한 후에 사는 상품일 때는 다른 손님이 물건을 사는 모습이 밖에서 잘 보이지 않도록 하는 것이다.

입구를 잘 만들려면?

■ 클로즈드 스타일의 고급품점

2. 입구는 가게 오른쪽이 기본. 소형점포는 왼쪽도 괜찮다

거리를 걷는 사람은 바로 눈앞에 가게가 있어도 입구가 들어가기 어려운 위치에 있으면 그냥 지나쳐 간다.

따라서 입구는 가게 앞을 지나는 사람이 좌우, 어느 방향에서 더 많이 오는지를 잘 검토한 후 설치해야 한다. 단 가게 폭이 넓어서 입구를 두 개 이상 만들 수 있거나 가게 정중앙에 입구가 있을 때는 별문제가 되지 않는다.

하지만 좌우 둘 중 한쪽에만 입구를 설치해야 할 때는 일반적으로 오른쪽에 설치해야 한다. 손님들은 눈앞에 보이는 쇼윈도를 보고 걷다가 가게에 들어오기 때문이다. 어쩔 수 없이 왼쪽에 입구를 내야만 한다면 손님들이 그냥 지나쳐 버리지 않도록 정면 오른쪽을 조금 앞으로 끌어낸 구조로 만들어서 우선 손님의 눈길을 끈 후에 바로 앞에 있는 입구까지 유도할 수 있도록 해야 한다.

단, 소형점포는 가게에 온 손님이 움직이기 쉬워야 하기 때문에 왼쪽에 있는 편이 가게 안을 둘러보기 좋다

참고로 슈퍼 등은 입구를 가게 내부의 통로 배치에 맞춰 정면 오른쪽에 낸다. 일반적으로 손님은 입구에 들어간 후 왼손으로 쇼핑 가방을 들거나 쇼핑카트를 밀면서, 오른손으로 진열된 상품을 고르며 걷기 때문에 오른쪽에 입구가 있는 편이 더 효율적이다.

▣ 입구는 가능하면 두 곳에 만들어라

입구를 잘 만들려면?

3. 입구를 도로에서 조금 들어간 곳에 만들 수 있다면, 손님을 가게로 유도하는 '유도형' 입구가 좋다

전면개방식 가게는 상관없지만, 클로즈드 스타일의 가게라면 도로 쪽을 넓게 하고 입구를 약간 좁게 한 역팔자형 입구를 갖춰 손님이 들어오기 쉽게 하자. 물론 이때에는 여유 공간이 있어서 입구를 도로면 보다 어느 정도 안쪽에 만들 수 있고, 입구까지의 진입로를 둘 수 있어야 한다.

또한 양쪽 혹은 한쪽 벽(쇼윈도우, 안이 들여다보이는 유리 벽, 창이 없는 벽)을 입구 쪽으로 곡선을 만들거나, 지그재그 계단으로 만들어서 손님이 그 선을 따라 입구까지 올 수 있도록 유도하는 것도 하나의

▣ 유도형 입구

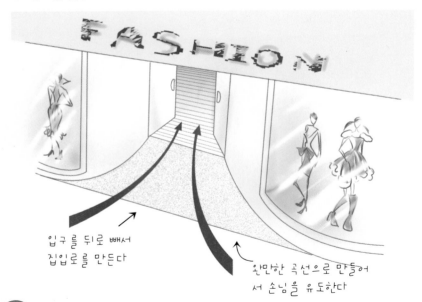

입구를 뒤로 빼서 진입로를 만든다

완만한 곡선으로 만들어서 손님을 유도한다

PART 1 손님을 끌어들이는 가게 '얼굴' 을 만들려면?

방법이다.

또 교차로 등에 자리 잡은 가게는 입구를 두 곳에 낼 수 있으므로 손님이 들어오기 쉽고, 당연한 이야기겠지만 폭이 넓어서 입구를 넓게 만들 수 있는 가게도 고객을 수월하게 끌어들일 수 있다.

4. 입구 조명은 가게 내부보다 밝게, 적어도 지면이 잘 보이도록 하자

지나가는 사람에게 가게를 매력적으로 보이게 하려면, 외관 전체적인 인상도 물론 중요하지만 '한번 들어가 볼까?' 하고 생각하게끔 입구에 좀 더 신경을 써야 한다. 예를 들어 외관이 유리로 된 가게라도 입구 조명이 따로 없고 내부 조명만 있다면 어두운 느낌이 든다. 더욱이 가게 내부가 보이지 않는 가게라면 그 정도가 더 심하다.

▣ **하향 조명으로 입구 지면을 밝게**

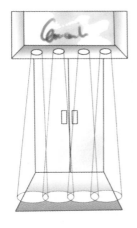 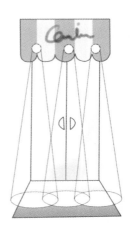

따라서 밝고 경쾌한 느낌을 주려면 입구 조명을 내부 조명보다 밝게 하고, 입구의 지면이 잘 보이도록 해야 한다. 효율적인 방법으로는 차양이나 캐노피에 하향 조명을 설치해 입구 지면을 밝히는 것이 있다. 또 장식품이기도 한 세련된 문기둥 조명 기구를 사용하거나 입구에 놓아둔 화분에 조명을 다는 것도 좋다. 이 외에도 테두리를 컬러로 하는 등 여러 방법을 궁리해서 손님이 들어가고 싶은 입구로 만들자.

5. 입구에 턱은 금물! 꼭 필요하다면 경사로로 만들자

보통 입구까지 가는 길이 계단이거나 그 사이에 턱이 있으면 발밑에 신경을 써야 하기 때문에 들어가기 어렵다는 인상을 받는다. 실제로 계단이나 턱은 나이 든 사람이나 신체장애우 손님에게는 매우 불친절한 것이다. 도로면과 높이가 차이 날 때는 가능한 한 완만한 경사로로 만들거나 손잡이를 설치하자.

또 바닥은 빗물에 젖어도 미끄러지지 않는 소재를 사용하고, 입구 앞에는 신발 닦는 매트를 깔아서 손님이 신발에 묻은 흙을 닦을 수 있도록 해야 한다.

이것은 손님의 신발 바닥이 젖어 있을 때 미끄러지지 않도록 하는 안전 대책도 된다. 또 손님이 신발에 묻은 흙을 가게 내부로 끌어들이는 것을 미리 방지할 수 있을 뿐 아니라, 흙먼지가 날아올라 상품을 더럽히는 문제도 막을 수 있어서 청소가 훨씬 수월해진다.

6. 연로한 손님을 위해 입구는 가능한 한 넓고 크게 만들자

앞으로는 가게의 입구를 크고 높게 만들수록 손님을 더욱 끌어들일 수 있을 것이다.

예전과 비교했을 때 현대인의 체격이 좋아지기도 했지만 젊은 사람보다는 일단 거동이 불편한 중년층, 고령층, 신체장애우도 불편 없이 들어갈 수 있는, 따뜻한 배려가 느껴지는 가게가 요구되기 때문이다. 또 일반적으로 보아도 여유와 안도감을 주는 가게를 바라는 손님이 많아지고 있는 것이 사실이다.

이러한 욕구를 고려한다면 입구 높이는 2m 이상, 폭은 1m 이상이어야 손님이 들어오기 쉽다. 이는 전면개방식 가게도 예외가 아니다.

또 진열 편에서도 설명하겠지만, 입구가 넓더라도 그 옆에 돌출 진열 방법으로 물건을 놓아두거나 자동판매기 등을 세워두어서는 안 된다. 이는 물리적, 심리적으로 입구가 좁게 느껴지도록 만들어 들어가기 어렵다는 인상을 주므로 주의하자.

7. 입지에 따라 입구의 형태나 위치를 바꾸자

가게 입지가 어떤가에 따라 입구를 바꿔야 할 수도 있다.

바람이 들어오거나 비가 들이닥치는 입지에서는 일용품을 파는 가게도 문을 달아 놓아야 한다. 또 중·고가품을 파는 가게는 바람이나 비를 막기 위해 백화점이나 고가품 점처럼 이중문을 달아야 한다.

그리고 낮에 해가 드는 입지도 있는데, 이런 곳은 손님이 가게에 들어올 때는 상관없지만 나갈 때 그대로 햇빛을 맞아야 하므로 햇빛 가리개를 달아야 한다. 단 들어오는 손님에게 방해가 되지 않게 해야 한다.

또 지역에 따라서는 여름에 벌레가 많이 생기는 곳도 있는데, 그런 경우에는 방충망을 단 이중창 등도 필요하다.

8. 냉난방 효과를 고려해서 입구의 형태를 바꾸자

일 년 내내 따뜻한 지방에서는 냉방 시설을 쓰는 일이 많으므로 입구에 여닫이문을 달아 냉기를 빼앗기지 않도록 해야 한다. 반면에 추운 지방에 있는 가게도 난방 설비를 자주 사용하므로 여닫이문을 달아야 한다. 특히 혹한(酷寒) 지방에서 오픈 프론트 스타일에 접이문을 설치한 가게라면 손님이 들어오고 나갈 때마다 문이 크게 열리고 닫히기 때문에 난방 효과가 떨어진다. 따라서 이런 지방에서는 경첩문(양쪽, 한쪽, 회전 타입이 있다)을 달면 외부의 차가운 공기가 내부로 덜 들어온다.

어떤 상품을 파느냐에 따라 가게 입구 형태가 달라지는 것은 당연하지만, 같은 상품을 팔아도 기후나 가게 입지조건에 따라 입구를 적절히 바꿔 주자.

✔ 광고 간판을 잘 만들려면?
1. 이런 간판을 달면 가게의 존재를 잘 알릴 수 있다

거리에 넘쳐 나는 가게에 파묻히지 않고 자기 점포를 손님들에게 잘 알릴 수 있는 소도구로는 무엇이 있을까? 바로 가게 외관, 가게 앞 일부에 들어간 천막용 간판이나 현관 간판, 입구 간판, 윈도우 사인, 포럼 등이 있다.

소형 점포는 앞을 보며 걷는 사람들의 눈에 잘 띄기 위해 가게 끝에서 도로면으로 직각으로 돌출된 '돌출 광고'나 플래그(배너, 깃발), 가게 앞이나 도로에 놓인 스탠드 사인(가게 앞에 놓은 간판)을 활용한다.

또 가게 외벽에 다는 월 사인과 기둥 모양에 다는 폴 사인 외에도 가게 앞 진입로나 바닥에 다는 입간판 등 다양한 종류가 있다.

취급상품이나 판매방법에 따라 다르겠지만, 통행객에게 가게의 존

■ 돌출 광고의 예

재를 알리려면 보통 형태가 다른 두세 종류의 간판을 달아야 한다.

2. 간판을 눈에 띄게 하려면 돋을새김 등으로 입체감을 살리자

사람은 평면적인 것보다 입체적인 것에 더 강하게 끌린다. 따라서 가게 앞 천막용 간판을 상자형이나 반원형처럼 입체적으로 하거나 현관 간판을 반입체로 하는 등 여러 방법을 연구해야 한다. 특히 로고 타입이나 가게 마크 주변 부분을 조금 찌그러진 반원이나 삼각 부조형으로 하면 평면보다 훨씬 눈에 잘 띈다.

이 외에도 로고 타입을 앞으로 튀어나오게 하는 돌출문자와 판을 파서 글자를 들어가게 하는 오목문자, 혹은 가장 두꺼워서 입체적인 상자형 문자도 거리를 지나는 사람의 시선을 끄는 좋은 방법이다.

또 평면 위에 있는 글자도 음영을 주면 돌출문자보다 훨씬 입체적으로 보인다.

■ 입체감 있는 간판

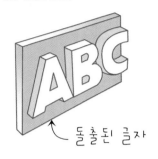

돌출된 글자

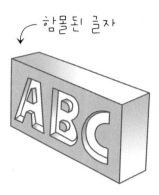

함몰된 글자

3. 시선 끄는 장치로 캐릭터를 사용하는 것도 방법이다

일본에서는 예전부터 손님의 눈길을 사로잡는 장치(Eye-Catcher)로 가게 앞에 귀여운 인형을 놓아두었다. 예를 들어 '어서 오세요' 라는 뜻으로 손님에게 손짓하는 '마네키네코(招き猫. 복을 부르는 고양이라는 뜻_역주)' 는 누구나 한 번쯤 본 적이 있을 것이다. 또 독자적인 캐릭터(미키마우스처럼 이야기나 만화 등의 등장인물)를 활용하고자 하는 가게는 KFC의 창시자 커넬 할랜드 샌더스처럼 점포 앞에 캐릭터 인형을 놓을 수도 있다. 또 캐릭터를 부조나 입체적으로 만들어서 외관의 일부나 옥상 간판으로 사용하는 것도 손님들의 눈길을 끌 수 있는 좋은 방법이다. 게다가 캐릭터가 입체적으로 움직인다면 금상첨화.

4. 빛으로 손님을 유인하자

사람은 밝은 것, 빛나는 것에 눈이 가는 습성이 있다. 따라서 간판에 빛을 사용하면 매우 효과적이다.

조명 간판의 종류에는 평면 간판에 스포트라이트 등의 조명을 쏘는 '반사조명 사인', 예전부터 자주 사용되던 것으로 안에 촛불을 넣은 제등(提燈), 형광등 등의 광원이 들어가 있어서 투명광선으로 조명을 내는 사방등 타입의 '반간접조명 사인'이 있다. 또 네온 가스 등을 넣어 빛을 내는 네온사인, 작은 전구 등의 램프를 사용하는 전광장식 등의 '직접조명사인'도 있다.

참고로 전기적인 색광을 이용한 장식 사인을 총칭해서 '전식(電飾)

■ 손님을 끌어들이는 빛이 들어간 사인

간판'이라고 부른다. 반면에 가게 천막이나 보통 간판류를 '무조명 사인'이라고 한다.

이 외에 건물 외벽 등에 소형전구로 스크린을 만든 후 이것을 점멸시켜 그림이나 문자 사인을 만드는 '시네 사인(Cine-Sign)'이나 '전자게시판', '전자간판' 등과 같이 스크린에 쏘아서 하는 '전자광고'도 있다.

5. 움직이는 간판과 조명을 선택하자

일반적으로 사람은 움직이는 물체에 눈을 빼앗긴다. 따라서 간판도 깃발 등 바람에 의해 움직이는 것이나 전동으로 동작되는 것을 활용하면 사람들의 시선을 끈다.

▣ 시선을 끄는 디자인의 스윙 사인

스윙사인

또 전광장식이나 네온사인 등 빛이 들어간 사인으로 손님들 눈길을 사로잡을 수도 있다.

참고로 유럽의 상점이나 여관, 맥주집 등에서는 '스윙사인(Swing Sign)'을 많이 볼 수 있다. 이는 도로면에 직각으로 봉을 달아 거기에 돌출 간판을 늘어뜨리는 형태로, 바람이 불면 흔들리기 때문에 '스윙 사인'이라 불린다. 간단한 구조지만 이 간판만 보면 그 가게가 어떤 가게인지 금방 알 수 있을 정도로 눈에 잘 띈다.

6. 간판 색상은 국기를 참고하자

가게의 간판은 멀리서 봤을 때도 눈에 확 띄어야 한다. 간판이 멀리서 봤을 때도 보기 쉽고 이해하기 쉬울 때 '시인성(視認性), 인지성(認知性)'이 높다고 하고, 사람의 시선을 잘 잡아끌 때는 '유목성(誘目性), 주목성(注目性)'이 높다고 한다.

이 두 가지 성격 모두가 높은 간판을 만들려면 어떻게 해야 할까? 바로 색채를 잘 골라야 한다. 이때 주의할 점은 다음과 같다.

(1) 글자의 바탕이 되는 바탕색은 글자색을 돋보이게 하는 색으로 한다

일반적으로는 바탕색과 글자색이 밝기나 선명도에서 큰 차이가 나면 날수록 강한 인상을 준다. 또 빨간색, 오렌지색, 노란색 등의 난색 계열이 청록색이나 청색, 청보라색 등의 한색 계열보다 선명하게 보이는 경향이 있다.

(2) 비슷한 색상을 사용하지 않는다

색상이 비슷하면 색상끼리 동화되어 보기 좋지 않다.

(3) 비슷한 명도(明度. 밝기의 정도)의 색상은 사용하지 않는다

보는 거리가 멀어지면 바탕색과 도형색의 구분이 애매해져 눈에 띄지 않게 된다(리프만 효과Liebmann's Effect).

(4) 바탕색까지 합해서 두세 가지 색상 정도로 한다

간판에 들어간 색의 수가 너무 많으면 멀리서 봤을 때 색상이 마치 녹은 것처럼 보여서 알아보기 어렵다.

따라서 간판 색상은 멀리서도 잘 보이도록 만들어진 세계 각국의 국기 색상을 참고로 하면 좋다.

7. 간판에 쓰는 서체와 크기는 다음과 같이

글자가 멀리서도 잘 보일 때 '가독성(可讀性)'이 높다고 한다. 어찌 보면 당연한 이야기지만 사람의 시각은 거리에 반비례한다. 즉 사람의 눈은 거리가 멀어지면 멀어질수록 글자가 크지 않으면 볼 수 없게 된다. 따라서 손님이 보통 20~50m 떨어진 곳에서 보는 간판에 들어가는 글자는 그 거리에서도 가독성이 높게 만들어야 한다. 이때 주의할 점은 다음과 같다.

(1) 획수가 적은 글자를 사용한다

획수가 많으면 선과 선 사이가 좁아져 멀리서 보면 글자가 뭉개져 보인다. 단, 구미의 캘리그래피(Calligraphy. 글자를 아름답게 쓰는 기법_역주) 등을 사용해서 가게의 특징적인 이미지를 연출하고 싶을 때는 이야기가 달라진다.

(2) 손님이 익숙한 글자를 사용한다

광고 간판을 잘 만들려면?

절대 흘려 쓴 서체를 사용하지 마라. 보통 명조체나 고딕체 계열을 쓰면 무리 없다.

(3) 조합을 생각한다

요즘에는 외국어를 함께 써 넣은 간판을 많이 볼 수 있다.

따라서 간판에 들어가는 글자 조합도 생각해야 한다.

또 쓰는 방법도 가로쓰기, 세로쓰기 두 가지 방법이 있고, 로마자의 알파벳, 영어, 프랑스어, 이탈리아어 등의 문자를 그대로 사용하거나 디자인화한 문자를 활용할 수 있으니 조합을 생각해 손님의 눈길을 사로잡아 보자.

(4) 글자는 적어도 10~15cm 정도는 되어야 한다

일반적으로 길을 걷는 손님이 읽을 수 있는 글자 크기는 적어도 10~15cm라고 한다. 참고로, 달리고 있는 자동차에서 본다면 적어도 20~30cm는 되어야 한다.

상호나 상품명을 한정된 공간 안에서 어떻게 하면 잘 표현해 낼 수 있을지 잘 생각해 보자.

8. 균형 잡힌 간판 글자는 여백을 어떻게 사용하느냐에 달려 있다

일반적으로 간판의 크기와 글자의 균형에 따라 손님에게 주는 이미지가 달라진다. 간판에 빽빽하게 글자를 써서 여백을 거의 없애 버리면 싼 느낌이 드는 반면, 여백을 많이 두고 글자를 적게 하면 고급스런 이미지를 준다. 집에서 그릇 가득히 담겨 나오는 음식과 고급요정에서 큰 그릇에 조금만 담겨 나오는 음식을 봤을 때 어떤 느낌을 받는가?

■ 여백을 많이 두면 고급스럽게 보인다

고급스러운 이미지

싸 보이는 이미지

   그렇다고는 하지만 전체의 균형을 깨트리면서까지 여백을 둘 필요
는 없다. 그러면 보기 어려울 뿐 아니라 싼 이미지를 주기 쉬우니 항상
균형을 염두에 두자.
   참고로 수묵화의 획법은 '경영위치(經營位置)'라고 해서 안쪽 주제
(간판에서는 글자)와 바깥쪽 배경(여백)을 균형 있게 구성해야 한다.
여기서 말하는 '경영'은 회사 경영의 어원이기도 하다.

9. 간판의 형태는 상품이나 가게 이미지를 연상시키는 것으로

   간판의 형태를 보고 손님이 연상하는 '연상성(聯想性)'도 가게 이미
지에 큰 영향을 미친다.

▣ 취급하는 상품에 따라 사인도 바뀐다

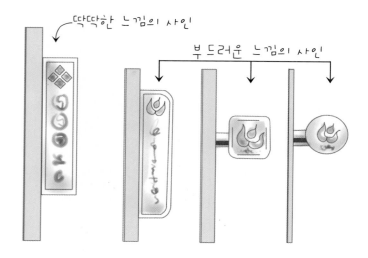

그렇다고는 해도 거리에는 안정적으로 보이는 정방형, 장방형 간판
이 압도적으로 많고, 원형, 삼각형, 자유형은 그다지 보이지 않는다.

정방형, 장방형 중 직각인 것은 딱딱한 느낌을 주기 때문에 남성상품
을 판매하는 가게에 어울리는 간판의 형태라고 할 수 있다.

이 정방형, 장방형을 여성용 상품에 사용할 때는 가장자리를 둥글게
해서 부드러운 느낌을 낼 수 있다. 이것은 상품 패키지나 로고 타입에
서도 마찬가지다. 남녀 모두 사용할 수 있는 상품을 파는 가게라면 기
본적으로 부드러운 이미지를 선택하는 편이 좋다.

참고로 유럽에서는 자기 가게에서 취급하는 상품을 구체적인 형태
로 만든 간판이나, 이를 상징하는 그림 간판을 거는 데가 많다. 예를

들어 열쇠 집은 열쇠를, 신발 집은 신발 모양 간판을 다는 등 말이다.

요즘에는 잘 만든 간판이 적은 비용으로도 가게 이미지를 효과적으로 알릴 수 있는 방법의 하나로 여겨지고 있다. 따라서 간판도 색상이나 글자 형태뿐 아니라 가게가 손님에게 전하고자 하는 메시지를 전달하고, 거리를 걷는 사람들의 시선을 끌며, 봤을 때 즐거운 이미지를 줄 수 있어야 한다.

잘나가는 가게 노하우 151 가지

✓ 입지와 상권을 살리려면?

1. '상권', '입지'를 잘못 선택한 가게는 잘될 리가 없다

이미 가게를 빌려 장사를 시작했거나, 조상대대로 장사를 해 온 곳이어서 다른 데로 옮길 생각이 없더라도 자기 가게가 어떤 상권에 위치해 있고 입지조건은 어떤지 다시 한 번 살펴봐야 한다. 새롭게 가게를 연다는 기분으로 지금 가게의 상권이나 입지를 살펴보자.

장사하기 좋은 장소, 즉 영업에 적합한 일정한 넓이의 지역을 '상권', 이에 적합한 장소를 '입지'라고 한다. 바로 이 상권 규모나 그 지역에 사는 사람들의 특성, 마을 분위기가 자신의 가게에 맞느냐 안 맞느냐에 따라 장사가 잘될지 안 될지가 결정된다. 소매점이 입지산업이라 불리는 이유가 여기에 있는 것이다.

상권에는 직장인이나 학생 등 '비슷한 직업에 종사하는 사람'이 모이는 지역, 명승지를 찾는 관광객처럼 '목적이 같은 사람'이 모이는 지역, 고급 주택가처럼 '수입이 비슷한 사람'이 모이는 지역, 또 옷가게나 공연장 등이 많은 곳처럼 '연령이나 취미, 라이프스타일이 같은 사람'이 모이는 지역 등 지역 차가 있다.

이것만 봐도 가게의 상권이 얼마나 중요한지 잘 알 수 있을 것이다.

2. 상권을 선택하는 포인트, 상권이 변하면 어떻게 해야 할까?

상권을 고를 때는 그 지역의 인구, 가구 수, 가구 구성, 연령 구성, 성별, 소득 증감 경향을 비롯하여 인구 특성, 교통 사정(교통수단의 종류와 수, 접근성), 업종의 특성, 상가 간 혹은 동업종 간의 경쟁 등을 고려해야 한다.

보통 상권은 해당 지역을 동그랗게 봤을 때 그 반경 거리로 결정된다. 그렇다고는 하지만 실제 상권은 똑바른 원형이 아니다. 넓은 도로나 선로, 공원이나 산업 시설, 공공시설에 따라 주민들의 행동 범위가 달라지기 때문이다.

또 바로 옆에 있는 가게뿐 아니라 조금 떨어진 곳에 있는 가게도 같은 상권이 될 수 있다.

따라서 업종이나 상품구색에 적합한 지역을 골라야 하는데, 상권은 시대에 따라 변한다는 사실도 잊지 말자. 해당 지역의 인구 변동, 지역 기업의 흥망성쇠, 도로 등의 교통 정비 정도, 대형 상업 시설의 유무 등에 따라 상권도 변화한다.

따라서 상권 변화에 항상 민감하고, 때에 따라서는 가게를 옮기는 일도 염두에 두어야 한다.

3. 거리와 시간의 관계

보통 작은 가게의 상권은 보행 거리와 시간으로 분류된다. 구체적으로 보면 다음과 같다. 제1차 상권은 걸어서 5~10분 정도로 거리로 치면 500m 정도, 가구 수는 1,500~2,000세대 정도다. 제2차 상권은 거리로 치면 1,000m 정도, 제3차 상권은 1,500m로 겨우 걸어갈 수 있는 거리다.

또 대형점포의 광역상권은 차로 이동했을 때 시간으로 분류된다. 제1차 상권은 차로 10분 정도, 제2차 상권은 20~30분 정도, 30분 이상은 영향권이라고 한다.

참고로 보행 거리와 시간은 1분에 80m가 기준인데 이때 언덕길이나 건널목 등은 고려하지 않는다. 앞에 나온 수치도 그 정도라고 생각하면 된다.

구체적인 예를 들자면 편의점 표준 상권은 반경 500m, 보행 시간 5분, 1,500세대다.

4. '좋은 입지' 조건이란? 경쟁업체가 많아도 가게를 낼 수 있는 입지가 있다

일반적으로 좋은 입지는 다음과 같은 곳이다. 업종이나 상품에 맞는 손님이 있는 곳, 사람이 많이 모이거나 교통 기관 등이 지나가 시끌벅적한 곳, 그리고 집객력이 높은 상점가나 역 근처 빌딩, 쇼핑센터 내

등이다.

또 간선도로변이나 교외 등 주위에 동종업체가 없고, 넓은 주차장을 확보할 수 있는 곳은 넓은 상권이 필요한 대형점포에 좋은 입지다.

동종업체가 많은 곳은 기본적으로 좋은 입지라고는 할 수 없지만, 경쟁이 심해도 비슷한 가게가 많이 몰려 있는 덕에 그 거리의 특징이 생겨 여러 지역의 많은 손님을 한꺼번에 모을 수 있다면 시장의 파이가 커지기 때문에 검토해 볼 만하다.

5. 가게 앞에 있는 도로의 폭은 많은 사람이 붐빌 수 있는 정도가 가장 좋다

차선이 많은 넓은 차도에 면한 가게는 보도의 폭도 물론 중요하지만, 손님이 마음 편히 쇼핑할 수 없게 하고, 한쪽 편에만 가게가 있기 때문에 상점가로는 발전할 수 없다.

또 건너는 데 꽤 많은 시간이 걸리는 넓은 도로에 면한 가게는 도로 때문에 상권이 잘린다. 전차의 선로가 다니는 곳도 아무리 건널목이 있다고 해도 마찬가지다.

가게 앞 도로의 폭은 조금 좁은 듯한 6~8m 정도, 넓어도 10m 내외가 적당하다. 너무 넓으면 손님을 끌어들이는 북적거리는 느낌을 연출할 수 없기 때문이다. 손님들이 북적북적하고 유명한 상점가를 보면 대부분이 이 정도 넓이다.

■ 간선도로나 철도가 있으면 상권이 변한다

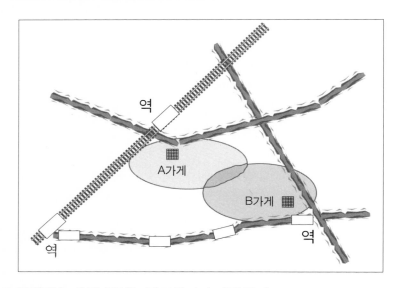

6. 통행객 눈에 잘 보이는 길모퉁이가 가장 좋다

가게가 번창하려면 먼저 손님이 가게를 알려야 한다. 그렇게 하려면 우선 취급하는 상품의 품질이나 각종 서비스가 좋다는 입소문이 나거나, 점포의 외관 혹은 간판 등의 디자인이 멋있고 이미지도 강해서 지나가는 사람의 눈에 띄어야 한다. 또 광고를 많이 하는 것도 좋은 방법이다. 하지만 뭐니 뭐니 해도 지나가는 사람, 즉 손님의 눈에 잘 띄는 장소에 있는 것이 가장 효과적이다.

통행객 눈에 잘 띄는 곳에 위치한 가게는 그 자리에 있는 것만으로도 손님에게 자신의 존재를 알릴 수 있다. 그렇다면 사람들 눈에 잘 띄는 곳이란 어떤 장소일까? 예로부터 길모퉁이에 있는 가게가 최고라는 말이 있듯이, 도로가 교차하는 곳이 가장 좋다. 길모퉁이는 몇 개의 길을 지나는 손님들이 모이는 곳이기 때문에 많은 사람이 가게 앞을 지나갈 뿐 아니라, 도로의 폭이 넓어서 조금 떨어진 거리에서도 잘 보인다. 또 길모퉁이에 있는 가게에는 대개 입구와 출구를 두 개 낼 수 있어서 손님이 들어가기 쉽다.

또 특수한 경우이기는 하지만, 주차장이 있는 음식점 입지로는 신호 바로 앞보다 교차점을 막 지난 앞쪽 모퉁이나, 이보다 조금 더 가서 있는 편이 좋다. 도로 왼쪽 모퉁이나 조금 앞에 가게가 있으면 교차점 바로 앞에 정차했을 때 가게가 잘 보이고 커브를 틀어 가게에 들어가기 쉽다. 반면 신호 바로 앞은 차가 멈추는 공간이기 때문에 신호등을 건너자마자 커브를 틀어 주차장에 들어가기가 꽤 어렵다. 또 커브 길에서는 커브 바깥쪽이 거리를 걷는 사람들뿐 아니라 달리는 차에서도 눈에 잘 띄는 위치다. 안쪽은 앞에 있는 건물이 시야를 가려서 간판 등도 가까이 가지 않으면 보이지 않는다.

참고로 이처럼 도로에 면한 가게는 입지가 매우 중요하기 때문에, 패밀리 레스토랑이나 편의점 등의 체인 기업은 입지조사원을 파견해서 그곳에 문제가 있는지 없는지를 면밀하게 조사한다고 한다.

7. 가게가 상점가에 있다면 거리를 지나는 사람들의 흐름을 파악하자

같은 상점가라도 역으로 가는 길에 있는 곳은 동행객의 발걸음이 빠르기 때문에 신속하게 쇼핑할 수 있는 상품을 취급하는 가게가 좋다. 반면 집으로 돌아가는, 즉 주택가로 향하는 길에 있는 상점가는 통행객의 발걸음이 비교적 느리기 때문에 여유롭게 쇼핑할 수 있는 상품을 취급하는 가게가 효과적이다.

또 예전부터 언덕길에 있는 가게는 걷는 사람이 쉽게 피곤해지기 때문에 잘 들어가지 않고, 서쪽을 바라보는 가게도 오후에 햇빛이 강해서 앞에 진열해 놓은 상품이 쉽게 상하거나, 햇빛 가리개를 해도 그것이 상품을 가려서 잘 보이지 않게 할 뿐만 아니라 가게에 들어가고 나가는 데 방해가 되어 비효과적이라고 한다. 따라서 가게 출입구는 아침 해가 떠오르는 동쪽을 향하도록 해야 한다.

■ 통행객의 흐름에 따라 팔리는 상품도 다르다

8. 바람이 불고 비가 들이치는 곳은 피한다. 입지조건이 나쁘면 독자적인 서비스로 승부하자

당연하다고 하면 당연한 이야기겠지만, 바람이 불거나 비가 들이치는 곳은 우선 피해야 한다. 그런데 비단 바람 때문에 쌓인 눈이 날아올라 마치 땅에서 눈이 내리는 것 같은 지역뿐 아니라, 마천루가 즐비한 도시에서도 지형에 따라 바람이 많이 부는 곳이 있다. 이런 곳에는 손님이 쉽게 들어가지 않을 뿐 아니라, 만약 들어가더라도 마음 편하게 쇼핑할 기분이 나지 않는다.

하지만 입지조건이 나쁘더라도 번창하는 가게가 있다. 그런 가게들은 거의 100% 다른 가게는 흉내 낼 수도 없는, 개성 넘치는 상품을 취급하거나 독자적인 서비스를 제공한다. 즉 가게의 특징만 확실히 드러나면 경쟁업체들이 난립한 좋은 입지보다 악조건인 곳이 오히려 손님을 잡기 쉽다는 뜻이다.

9. 사용하기 좋은 황금비율의 지형

입지를 고를 때 조건 중 하나가 지형이다. 지형은 일반적으로 땅의 생긴 모양이나 형세를 의미하는데 부동산업계와 건축업계, 점포설계 업계에서는 토지나 매장의 형태를 의미한다.

삼각형이나 좁고 긴 토지, L자나 'ㄷ'자형 토지에 건물이나 매장을 지으면 그만큼 사용하기 불편한 배치가 되고 만다.

사용하기 좋은 지형은 1대 1.6(황금비, 담배 케이스와 비슷하다) 정도의 직사각형으로, 이런 곳에는 어떤 장사에도 어울리는 배치를. 할 수 있다.

◼ 사용하기 쉬운 황금비율의 직사각형이 가장 좋다

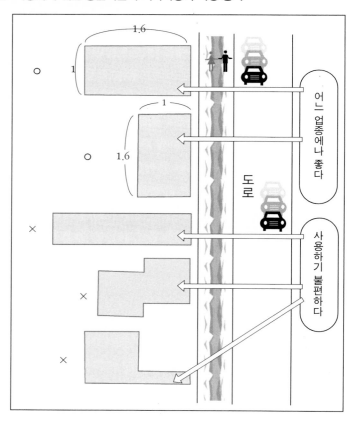

PART 2
자기도 모르게 상품에
손이 가는 매장 만들기

151 Variety Know - how

잘나가는
가게 노하우
151가지

✓ **배치를 잘하려면?**

1. 손님이 안심하고 쇼핑할 수 있도록 가게 가장 안쪽에 고급품을 진열하자

일반적으로 가게 입구 부근과 계산대 근처에는 저렴한 소형 상품을, 가게 안쪽으로 들어갈수록 고가 상품을 진열한다.

가게 가장 안쪽에 취급하는 물건 중 가장 비싼 상품을 진열하는 이유는 무엇일까? 바로 고객은 비싼 물건을 살 때 안심하고서 선택하려 하고, 다른 사람에게 보이기 싫어하는 심리가 있기 때문이다.

또 사람은 일단 한 번 지갑을 열면 그 후에는 돈을 쓰는 데 심리적 저항감이 사라진다. 따라서 계산대에서 지갑을 열었을 때 그 주변에 작고 특이한, 일부러 사러 나오기 뭐한 상품이 진열되어 있으면 자기도 모르게 꼭 필요하지 않아도 사게 된다. 요컨대 입구 근처에 있는 작고

싼 상품은 비교적 충동구매를 하는 편인 것이다.

2. 보기 쉽고 집기 쉬운 '경기장형' 상품 배치

가게에 상품 배치가 잘되었는가 그렇지 않은가는 어떻게 구별할까? 간단하다. 손님이 보기 쉽고 집기 쉽게 진열되어 있느냐 없느냐에 달려 있는 것이다. 보통은 손님이 입구에서 가게 내부를 바라봤을 때 가게 안쪽 상품까지 잘 보이도록, 안쪽으로 갈수록 계단처럼 점점 높아지게 진열한다.

◉ 보기 쉽고 집기 쉬운 경기장형

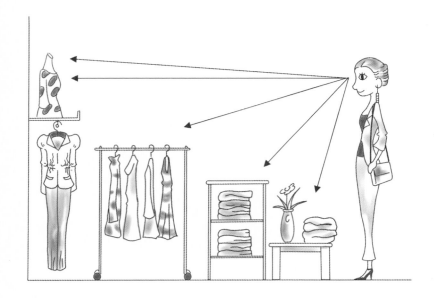

또 가게 중심에서 벽 쪽으로 갈수록 진열대를 높게 한다. 대부분의 가게는 중심부 진열대 높이를 손님이 가게 안쪽을 볼 수 있는 높이 (145cm)로 하고, 벽면은 손님이 상품을 집기 쉬운 높이(210cm 정도)로 한다.

이를 육상경기나 야구경기를 하는 경기장에 비유하자면 필드가 입구 부근과 가게 중심부, 관람석이 상품 위치에 해당한다.

3. 손님에게 들어가기 쉬운 이미지를 주려면 가게 입구를 넓게 하자

손님이 가게에 들어갔을 때 처음 만나는 공간인 가게 입구(Entrance Court)도 넓게 해야 한다. 참고로 가게 입구는 집의 현관에서 마루까지의 공간에 해당되는데, 이곳이 넓으면 현관이 멋져 보이고 집 전체의 이미지도 좋아진다.

소매점에서 이 공간은 손님이 가게에 들어와서 안을 한 번 훑어본 뒤 방향을 정해서 통로로 걸어가기 시작하는 곳이다. 따라서 적어도 150cm는 확보되어야 한다.

일반적으로 소형점포는 면적에 여유가 없어서 대부분 입구에서부터 상품을 진열하는데, 이러면 안에 있는 통로가 넓어도 밖에서 봤을 때 비좁은 느낌을 주기 때문에 들어가기 싫을 뿐 아니라 설사 들어가더라도 빨리 나가고 싶게 만든다.

따라서 상품을 조금 적게 진열하더라도 후퇴용 공간을 넓게 확보하자.

◘ 가게 입구는 넓게 확보한다

150cm 이상
확보한다

한편 대형점포에서는 이 가게 입구를 자기 가게에서 취급하는 상품을 소개하거나 어디서 어떤 제품을 판매하는지 등 매장을 안내하는 곳으로 사용한다.

4. 손님의 습관을 고려해 걷기 쉬운 통로를 만들자

사람의 80~90%는 오른손잡이고 눈도 오른쪽 눈을 더 많이 사용한다. 또 발도 오른발을 주로 사용하고 왼발은 이를 지탱해 주는 역할 정도만 한다.

따라서 사람들은 습관적으로 지탱해 주는 발, 즉 왼발을 중심으로 해서 몸을 왼쪽으로 돌린다.

가게 통로를 만들 때 이러한 사람의 습관을 잘 이용해 손님이 걷기 쉬운 가게를 만들자. 즉 입구로 들어온 손님이 우선 왼쪽으로 돈 후 시계 방향으로 돌 수 있도록 통로를 만들어야 한다. 사람들이 시계 방향으로 도는 이유는 싸울 때 왼손에 방패를 들고 몸 왼쪽에 있는 심장을 보호하는 것과 같은 심리로, 무의식중에 몸의 안전을 확보하려 하기 때문이다. 이것이 바로 그 유명한 파킨슨(Parkinson. 영국의 사회학자 _역주)의 '좌편성(左偏性) 법칙' 이다.

단, 입구 편에서도 설명했듯이 대형 슈퍼 등은 손님이 자주 사용하는 오른손으로 상품을 집어서 왼손에 있는 카트나 쇼핑백에 넣으며 가게 안을 둘러본다는 습성을 고려해서 시계 반대방향으로 되어 있다.

■ **좌편성을 활용한 배치**

5. 점내 간판은 보기 쉬운 글자와 색을 사용하고, 상품진열에 방해가 되지 않는 위치에 설치하자

가게 안에 있는 간판, 즉 점내 간판에는 상품 광고나 판촉을 위한 '광고 간판' 외에 매장 규모나 손님의 현재 위치 등이 표시되어 있는 '안내 간판', 비상시 탈출구나 유도통로를 표시하고 화살표 등으로 손님을 목적지까지 안내하는 '유도 간판', 또 화장실 표시처럼 그림문자 등으로 목적지가 어디에 있는지를 가르쳐 주는 '표시 간판' 등이 있다. 이들 대부분은 소형점포에는 필요 없지만, 매장을 표시하는 '매장 간판' 이나 그 매장에서 어떤 상품을 판매하는지를 표시하는 POP광고 (Point of Purchase Advertising)의 일종인 '상품 간판'은 꼭 필요하다.

어쨌든 점내 간판은 손님이 알아보기 쉬운 형태와 크기로 만들어야 하고, 문자나 도형, 색채를 사용해 보기 쉬우면서도 상품진열에 방해가 되지 않는 데 위치해야 한다.

◼ 매장 간판은 선명해야 한다

6. 회유(回遊)형 배치로 구매찬스를 늘리자

가게 안에 들어온 손님이 이동하는 방향을 '객동선(客動線)'이라고 하는데, 가게가 손님의 흐름을 의도적으로 만들어 유도한다는 의미에서 '객도선(客導線)'이라고도 한다. 그리고 종업원이 움직이기 위한 '작업동선'도 있는데, 이는 가능한 한 손님의 쇼핑을 방해하지 않도록 하고, 작업능률 향상을 위해 최대한 짧게 해야 한다.

일반적으로 대부분의 소형점포는 통로가 입구에서 가게 안쪽까지 통로가 하나인 I형 객도선이 많다. 그러나 가능하다면 'ㅁ자형'이나 '8자형' 객도선을 만들어서 손님이 가게 안을 한 바퀴 돌아 나갈 수 있는 원 웨이 컨트롤(One Way Control) 배치로 해야 한다. 이렇게 하면 손님이 가게 안에 머무는 점내 체류 시간이 길어지고, 그만큼 많은 상

◼ 가다가 벽에 부딪히는 I형보다 ㅁ자형, 8자형이 더 낫다

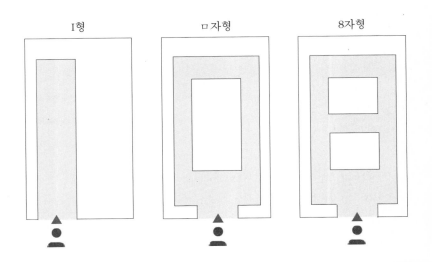

I형   ㅁ자형   8자형

배치를 잘하려면?

품을 보게 되어 판매 찬스가 늘어나기 때문이다.

참고로 대형점포의 점내 통로 수는 홀수보다 짝수가 좋다고 한다. 통로가 홀수이면 가게 안까지 들어갔다가 나올 때 결국 들어갔던 통로를 다시 통과해야 하므로 회유성이 떨어지기 때문이다.

7. 매장 모서리를 상품을 어필하는 장소로 활용하자

사람은 거리가 짧고 장애물이 없는 안전한 길을 좋아한다. 따라서 안전만 보장된다면 거리를 줄이기 위해 지름길을 선택하는데, 이를 '지름길 효과'라고 한다.

대형점포의 통로는 '격자형'이 기본이다. 게다가 최근에는 좌우대칭이 아니라 손님에게 즐거움을 선사하기 위해 조금 변화를 준 비대칭으로 하는 가게도 등장하기 시작했다. 또 이 '지름길 효과'를 감안해서 매장 모서리를 둥그렇게 하는 곳도 늘고 있다.

모서리는 교차로에 있는 가게가 통행객에게 잘 보이는 것과 마찬가지로, 상품 이미지나 매장 이미지를 어필하는 데 매우 적합한 장소다.

참고로 가게 입구의 양쪽 모퉁이도 모서리에 해당한다. 대부분의 소형점포는 입구 양쪽에 상품을 진열하는데, 이렇게 하면 손님이 들어가기 꺼려한다.

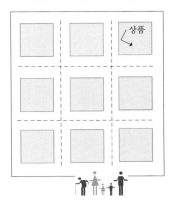

다이아몬드형   기본은 격자형(그리드형)

8. 가게 안에 웅덩이를 만들자

하천에는 바위 때문에 물의 흐름이 완만해지는 곳이 있는데, 이를 '웅덩이'라고 부른다. 여기에는 물고기가 많이 모인다. 가게 안에도 이런 웅덩이를 의식적으로 만들어 두면 좋지 않을까? 통로를 만들 때, 가게 안 약간 후미진 곳에 남들의 시선에서 벗어나 느긋하게 물건을 고를 수 있는 장소를 마련하자. 예를 들어 의류 매장의 선반을 만들 때 가로, 세로가 엇갈리는 격자형 대신 선반을 엇갈리게 하면 손님이 매장 내에서 이동하다가 잠시 다른 손님들과 떨어져 느긋이 상품을 고를 수 있는 장소가 생겨난다.

사실 웅덩이를 만들려면 점포가 중형 이상은 되어야 할 것이다. 하지만 소형점포도 잘만 궁리하면 이 문제를 해결할 수 있다. 예를 들어

선반이나 상품을 진열할 때 다른 손님에게서 잠시 떨어져 쇼핑을 즐길
수 있는 넓은 통로를 만들면 손님이 편안하게 쇼핑할 수 있다.

■ 손님을 안심시키는 '웅덩이'

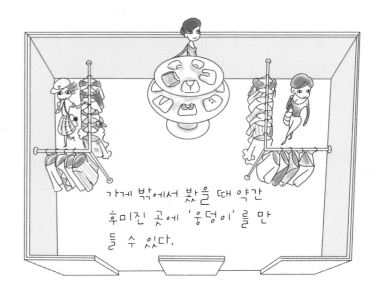

가게 밖에서 봤을 때 약간
후미진 곳에 '웅덩이'를 만
들 수 있다.

9. 가게 면적이 30평 이상이 아니면 좁게 느껴진다

사람이 느끼는 공간의 넓이는 사회 환경에 따라 달라진다. 그래서
수십 년 전에는 넓게 여겨졌던 공간도 요즘 사람들이 보기에는 좁게
느껴지기도 한다.

지금까지는 소매점의 면적이 아담한 것이 보통이었는데, 이제는 손

님이 여유로운 쇼핑을 추구하는 경향이 강해진 데다 상품구색으로 자기만의 특색을 창조하려는 가게가 늘고 있어 100평(330 평방㎡) 이상인 대형점포가 요구되는 시대라고 할 수 있다.

100평을 확보할 수 없는 소형점포라도 최소한 30평(99 평방㎡) 이상은 되어야지, 그렇지 않으면 손님들이 비좁게 느낀다. 참고로 편의점 평균 면적이 30평이다.

하지만 물리적, 경제적인 이유로 면적을 늘릴 수 없다면 어떻게 해야 할까? 가게를 넓게 보이게 하면 된다. 이를 위해 다음 방법을 보자.

10. 퇴창을 달아 개방감을 연출하자

가게 일부를 수리해 벽 밖으로 쑥 내밀도록 물려서 낸 창인 퇴창(Bay Window)을 다는 것도 한정된 공간을 넓게 보이게 연출하는 방법 중 하나다. 퇴창을 내는 방법에는 창을 허리 높이보다 위에 내는 것과 바닥에서 돌출시키는 것이 있다.

일반적인 가게는 입구가 열려 있고 사방이 벽으로 둘러싸인 ㄷ자형이기 때문에 아무래도 좁아 보인다. 하지만 여기에 퇴창을 달면 밖이 보이고 가게 안에 외광이 들어와 개방감을 연출할 수 있다. 따라서 손님에게 쾌적함과 여유를 선사할 수 있고 가게 내부도 약간 넓어 보인다. 이 외에도 퇴창에는 가게 바깥의 외관 이미지를 좋게 하는 효과도 있다.

11. 천장을 30cm 더 높게 만들자

면적이 좁아도 윗부분에 여유 공간이 있으면 실제 면적보다 넓게 느껴진다. 조금 극단적이기는 하지만, 건축할 때 바람이 통과하는 공간(아트리움 등)이나 지붕 달린 거리(아케이드, 클로즈드 몰)를 만들면 좁은 공간도 넓게 보이는 것과 마찬가지다.

일반적으로 가게의 천장 높이는 270cm 정도이다. 하지만 3m 이상이면 훨씬 더 넓게 느껴진다.

구체적인 방법으로는 무엇이 있을까? 우선, 천장을 부수고 뼈대나 공기조절기 등의 설비장치를 겉으로 드러낸 스켈레톤(Skeleton) 천장이 있다. 이때 조명 기구는 대들보 등의 건물 뼈대에 붙이거나 매달면

■ 스켈레톤 천장은 공간이 넓어 보인다

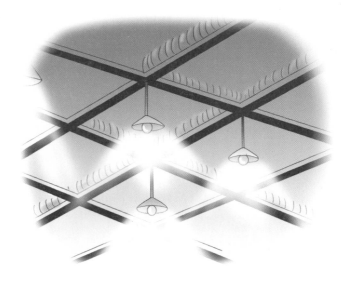

된다. 디자인 관점에서 보면 무기적(無機的)인 느낌과 기능성을 강조한 하이테크 디자인이 된다.

또 천장 일부를 뱃바닥 모양으로 하거나 지붕 선을 따라 둥글게 하는 방법도 있다. 이런 천장은 산장이나 찻집 등에서 볼 수 있다.

12. 천장, 벽, 바닥만 밝게 해도 가게가 넓어 보인다

맑은 하늘을 보면 기분이 덩달아 좋아지면서 뭔가 활짝 펼쳐진 듯한 느낌이 든다. 반면에 구름이 잔뜩 낀 하늘을 보면 자기도 모르게 우울해지고 공간도 좁게 느껴진다. 따라서 천장에 천창을 달아 천공광(天空光)을 받아들이거나, 천장을 조명으로 밝게 하면 가게가 조금은 넓어 보인다.

일반 조명은 빛이 바닥을 향하기 때문에 아무래도 천장이 어두워 보인다. 그렇다면 천장은 어떻게 밝힐 수 있을까? 직접조명을 달 수도 있지만, 벽면 상부에 반간접조명을 달아 천장이 부드러운 빛으로 빛나게 하면 가게 분위기까지 훨씬 좋아진다.

또 입구에서 봤을 때 가게 안쪽이 밝으면 더 넓게 보인다.

따라서 조명으로 가게 안쪽을 밝게 해야 하는데, 여기에는 다음과 같은 방법이 있다. 조명 기구가 보이는 천장 조명(하향 조명, 스포트라이트 등이나 분위기를 연출하는 벽등이 있다)이나, 요즘에 많이 쓰이는 방법으로 벽면과 연결된 천장 부분에 조명 기구를 달아 벽면에 빛을 비추는 반간접 조명(천장 벽 끝에 있는 장식을 커니스라고 부르므로 여기에 붙이는 조명방식을 커니스 조명이라고 한다) 방식인 월 워셔

(Wall Washer, 벽을 씻는다) 등을 다는 것이다.

이 외에도 가게 안쪽 바닥을 밝게 해도 넓어 보이는 효과를 낸다. 입구에서 가게 안쪽을 보는 손님에게 자신이 걸어갈 곳이 밝게 보이기 때문이다. 앞에서도 말했듯이 인간에게는 밝은 곳을 좋아하고 밝은 쪽으로 가려는, '사바나 효과'라는 본능이 있다. 따라서 가게 안쪽 천장, 벽, 바닥이 밝으면 손님이 가게 안까지 들어갈 확률이 그만큼 높아진다.

■ 반간접 조명으로 벽을 연출

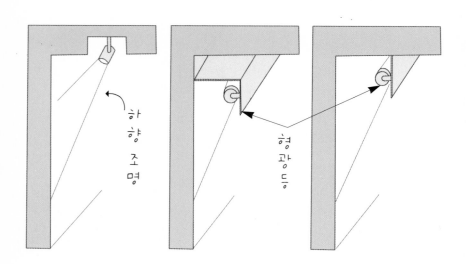

하향 조명

형광등

13. 아래는 어둡게, 위는 흐리게 하면 높이가 강조되어 넓게 느껴진다

'실내가 어두워 보이는 색상을 사용하면 좁게 느껴진다.' 이것은 색채심리학의 기본이다. 또 일반적으로 땅, 산이나 나무, 그리고 하늘처럼 위로 갈수록 색상이 흐려지면 높게 느껴져서 안정감을 느낄 수 있다.

따라서 천장이나 벽에 화이트, 크림, 베이지, 라이트그레이, 파스텔 계열인 옐로우나 블루, 라이트그린 등과 같은 밝은 색상의 벽지나 도료(塗料)를 발라서 넓고 밝게 연출하자. 특히 화이트로 마무리를 하면 빛의 반사율이 높아져서 에너지와 전기세를 절약할 수 있다.

또 방금 전에도 설명했듯이 바닥도 밝은 색상으로 하면 훨씬 넓어 보인다. 물론 가게마다 이미지가 다르고 청소나 유지·관리가 어렵기 때문에 모든 가게에 적합한 방법은 아니다. 또 경우에 따라서는 불안정한 느낌을 주기도 하므로 충분히 검토해야 한다.

참고로 요즘에는 바닥을 백색 계열로 한 뒤 반짝반짝 윤을 낸 가게도 많은데, 이렇게 하면 가게가 넓어 보일 뿐 아니라 깨끗한 이미지로 손님들에게 강하게 어필할 수도 있다.

또 다소 클래식한 느낌은 있지만 바닥과 벽 아래(허리 높이 아래)는 어둡게, 벽 위와 천장은 밝고 연하게 하는 투톤(Two—Tone)방식을 사용하면(패션업계에서는 이런 것을 Bi—Color라고 한다) 아래의 진한 색 때문에 위가 더 밝게 느껴져 천장이 훨씬 높아 보인다. 천장이 높으니 가게가 넓어 보이는 것은 당연지사!

14. 거울을 활용해서 넓어 보이게

이 외에도 거울을 벽에 달아 가게 내부를 넓어 보이게 할 수도 있다. 거울은 장소를 두 배로 넓게 보이게 하기 때문에 좁은 가게라도 벽이나 기둥에 큰 거울을 달면 상당히 크게 느껴진다. 물론 상품 수도 두 배로 보인다. 따라서 상품 수를 줄였을 때는 벽 가장자리에 90도 각도로 거울을 달아 진열대를 두 배로 길어 보이게 할 수 있다. 또 위쪽 벽에 45도 각도로 거울을 달면 아래에 진열된 상품이 두 배 정도 많아 보인다.

이 외에도 거울에는 가게 내부 이미지 향상 효과와 방범(防犯) 효과도 있다.

▣ 거울을 달면 가게 안이 더 넓어 보인다

15. 가게를 넓어 보이게 하는 상품 진열법

기본적으로 벽면 가득히 상품을 진열하는 것은 바람직하지 않다. 상품을 천장 부근까지 진열하면 가게가 좁게 느껴지기 때문이다. 따라서 상품의 양을 줄여야 하는데, 경영방침에 따라 다르겠지만 20~30%, 가능하면 그 이상 줄여야 한다. 이렇게 해서 손님이 여유롭게 쇼핑하도록 배려한다면 오히려 매출이 늘어난다.

그리고 가게 중심부에 있는 상품진열대는 낮아야 한다. 사람은 윗부분에 빈 공간이 많으면 넓게 느끼기 때문이다. 또 중심부 상품진열이 낮게 되어 있으면 입구나 양쪽 벽면에 있는 상품, 가게 안쪽 벽면에 진열된 상품도 보이기 때문에 밀폐된 좁은 공간이라는 느낌을 피할 수 있고, 손님에게 안도감과 느긋하게 쇼핑을 즐길 수 있는 마음의 여유를 선사할 수 있다.

16. 빈 공간을 만들자. 통로 폭은 90~120cm 이상이 좋다

일반적으로 사람은 주위에 물건이 가득 있으면 답답함을 느낀다. 따라서 통로만 조금 넓게 해도 가게 이미지가 크게 달라진다.

비단 통로뿐만이 아니다. 가게 주인의 눈에는 아무 쓸모 없어 보이는 빈 공간이 손님에게는 여유로운 공간, 넓은 공간이 된다. 따라서 상품을 진열하거나 전시할 때 위의 공간은 어쩔 수 없다고 하더라도 통로 천장에 전단이나 포스터 등의 POP를 너무 많이 달지 말자. 이것이 가게가 좁아 보이는 지름길이다.

앞으로 도래할 고령화 사회에 대비해서 가게 통로는 넓어야 한다.

▣ 통로에 여유를 주자

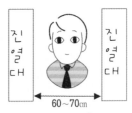

한 사람이 통과할 수 있다

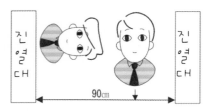

한 사람이 진열대를 보고 그 뒤를
다른 한 사람이 통과할 수 있다

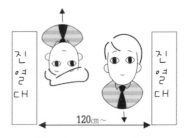

두 사람이 스쳐 지나갈 수 있다

아직도 가게 안 통로가 60~90cm인 가게가 상당히 많은데, 앞으로는 거동이 불편한 손님을 위한 공간이라는 인식을 가지고 적어도 90~120cm 이상은 확보하자. 한 통로에서 한 사람만 쇼핑한다면 60~90cm로도 충분하지만, 두 사람이 여유롭게 지나갈 수 있으려면 넓이가 그 이상이어야 한다.

17. 손님에게 편안함을 주는 바닥 재료는?

사람은 무의식중에 자기 몸의 안전을 지키려고 하는 경향이 있다. 따라서 걸을 때 자기도 모르게 눈으로 발밑(바닥, 도로)을 보게 된다 (물론 소리에 의존해서 자기 몸을 지키려고 할 때도 있다). 일반적으로 길을 걸을 때 사람의 시선은 8~10m 정도 앞을 본다. 따라서 가게 입구에서 안으로 연결되는 바닥은 가게 이미지 연출이나 손님 편의상 매우 중요하다.

젊은 사람도 저항감이 느껴지는 바닥을 오랜 시간 걸으면 지친다. 하물며 신체장애우나 앞으로 점점 늘어날 고령자는 어떻겠는가? 콘크리트나 대리석, 화강암, 타일과 같은 돌로 된 바닥은 보기에는 좋지만 보행자 무릎에 상당한 부담을 준다. 또 물기가 있으면 미끄러지기 쉽기 때문에 가공한 재료를 사용해야 한다.

아울러 털이 긴 카펫은 화려한 이미지를 연출하는 데는 안성맞춤이지만 발이 푹푹 들어가 쉽게 피로하고 털에 다리가 걸리기 쉽다는 점도 염두에 두자.

대표적인 바닥 재료로는 P타일이나 화학제품, 카펫 등이 오랜 기간

배치를 잘하려면?

사랑받아 왔는데, 요즘에는 환경보호 붐도 일고 있어서 목재 블록이나 플로링(Flooring. 바닥 마감용 목재_역주)이 인기를 얻고 있다. 이것은 발에도 좋고 가게 이미지 향상에도 효과적이지만 똑똑 발소리가 나는 것이 흠이다.

사람은 원래 땅을 밟고 살아야 한다. 따라서 발에 좋은 바닥 재료는 흙처럼 딱딱하지도 않고 그렇다고 부드럽지도 않은 재질이다.

18. 가게 안에 턱은 금물. 배선은 안으로 넣자

바닥에 아무리 낮더라도 턱이 있으면 보는 사람은 신경 쓰이고, 고령자나 신체장애우는 그것 때문에 넘어질 수도 있다. 또 신체 건강한 사람도 상품을 보고 걷다가 턱에 걸려서 낭패를 볼 수 있다.

그런데 배선 코드가 아무리 코드 커버 등으로 감춘다 해도 바닥에 턱을 만들고 만다. 따라서 바닥에 배선코드를 늘어뜨릴 것이 아니라 가능한 한 바닥 콘센트에서 직접 진열대 등의 조명 기구에 연결해야 한다. 되도록 모든 배선은 바닥에 홈을 만들어 그 속에 넣자. 이편이 보기에도 훨씬 좋다.

또 가게 입구 편에서도 설명했듯이 아주 낮더라도 바닥에 턱이 생길 것 같으면 완만한 경사로 설치해서 손님이 높이 차이를 느끼지 못하게 하자.

턱이 가장 높은 것은 뭐니 뭐니 해도 계단이다. 그래도 2층 이상의 가게는 어쩔 수 없이 계단을 만들어야 하는데, 이때 경사가 너무 급한 '직진계단' 으로 하지 말고 공간은 좀 잡아먹지만 중간에 층계참이 있는 '꺾이는 계단'으로 하자. 또 안전을 위해 손잡이를 꼭 만들고 계단 폭은 넓게, 그리고 계단 끝에는 미끄럼막이를 설치하자. 아울러 계단의 높이는 가능한 낮게 하자.

참고로 일층 매장 매출을 100으로 잡는다면 이층은 보통 80 이하이다. 따라서 이층 이상의 층에는 일층에 있는 상품보다 더 매력적인 상품을 진열해야 한다.

▣ '꺾이는 계단'의 경사는 완만하게

잘나가는 가게 노하우 151가지

✓ 이미지를 향상시키려면?

1. 우선 핵심이 되는 디자인을 결정해 가게 이미지를 통일시키자

일반적으로 가게의 내부 구조는 취급하는 상품이나 가격, 품질에 맞는 이미지로 통일시켜야 한다. 그렇게 하려면 바닥, 벽, 천장 등으로 둘러싸인 공간, 즉 가게 내부의 각 부분별 디자인, 소재와 가공 방법, 색채나 조명 기구, 조명 방법과 진열대의 디자인, 그리고 손님에게 상품을 어필하는 방법 등을 통일시켜야 한다. 그리고 이는 처음 가게 문을 열 때뿐 아니라 전면개장이나 부분개장을 할 때도 기억해야 할 사항이다.

가게에서 판매할 상품이 결정되면 막연하게 내부 디자인을 할 것이 아니라 우선 핵심이 되는 디자인 이미지를 결정해야 한다. 여기에는 '이런 디자인으로 한다', '이런 소재를 사용한다', '이런 색으로 한다', '하나의 그림을 만든다', '이런 라이프스타일 이미지로 만든다' 등의 방법이 있다. 다음으로 이와 같은 핵심 디자인 이미지를 염두에 두고 바닥, 벽, 천장, 조명, 진열대 등을 하나하나 선택하자.

물론 국내외 동종업체나 이종업체를 많이 둘러보고 그것을 참조할 때도 앞에서 말한 순서대로 해야 한다.

◾ 아웃도어 이미지로 통일시킨 가게 내부

2. 기둥을 장식해서 가게 내부 이미지를 연출하자

사람은 가로로 되어 있는 것보다 높은 산이나 큰 나무 등 세로로 되어 있는 것에 더 강한 인상을 받는다.

인공물을 볼 때도 마찬가지여서 폭이 넓은 것보다는 높이가 높은 것에서 더 강렬한 느낌을 받는다. 요컨대 건물 내부 요소 중 보는 이의 마음속에 가장 깊이 새겨지는 것은 기둥이다. 고대 그리스나 로마, 중국 등의 고대에서 근대에 이르기까지의 건물 양식은 기둥 디자인이나 장식에 따라 결정된 사실만 봐도 알 수 있지 않은가?

가게도 외관이나 내부에 있는 기둥의 디자인을 알맞고 멋들어지게 한다면 좋은 이미지를 연출할 수 있다. 요즘 가게들을 보면 건축 기술의 발달로 기둥이 없는 곳도 많고, 또 매장만 생각한다면 기둥이 없는 편이 더 나을 수도 있다. 하지만 다른 가게와 전혀 다른 이미지를 연출하고 싶다면 벽에 디자인이나 장식을 위해 가짜 기둥(부주付柱)을 붙여 보면 어떨까?

3. 어떤 유리가 장식 효과를 높일까?

유리는 유리벽이나 창문 등의 외장뿐 아니라 거울을 비롯해서 케이스 종류, 각종 칸막이(Partition) 등에 사용되어 가게 이미지를 좋게 하고 장식 효과를 높인다.

대표적인 유리 가공 방법은 다음과 같다.

(1) 외장에도 사용되는 유리블록

(2) 색상이 들어간 색유리(스탠드 글라스 등)

(3) 모양을 넣은 판유리

(4) 고운 모래 입자를 분사해서 모양을 낼 수 있는 샌드블래스트(Sandblast) 가
공 판유리

(5) (4)와 마찬가지로 샌드블래스트 가공 플리즈(Freeze) 판유리(간유리, Frost
Glass)

(6) 판유리

요즘에는 (4), (5)에 해당하는 샌드블래스트 가공 방법으로 글자를
새겨 넣은 판유리가 외장 유리벽 등에도 사용되고 있다.

4. 거울은 호화로움을 연출하지만 손님에게 착각을 불러일으키기도 한다

앞에서도 설명했듯이 가게 내부에 거울을 달면 넓어 보이는 효과가
있는데, 이와 더불어 거울은 가게 이미지를 연출하는데도 많이 사용된
다. 거울 테두리를 비스듬하게 깎아 가공하면 약간 클래식한 느낌을
낼 수 있고, 거울에 금색, 은색의 테두리를 붙인 장식용 거울을 사용하
면 호화로운 분위기를 연출할 수 있다.

참고로 유럽의 궁전에는 '거울의 방' 이라고 불리는 호화찬란한 방
이 있다.

앞에서 소개한 테두리를 깎아 가공한 거울이나 테두리가 붙은 거울
은 많으면 많을수록 가게 내부의 호화로운 이미지를 강조할 수 있다.
단, 손님은 여기저기서 자기 모습이 보이면 왠지 모르게 불안해 하고

때로는 심리적으로 착각한다는 사실에도 주의를 기울여야 한다.

또 '펍미러(Pub mirror)'처럼 거울 뒤쪽에 금색, 은색 등의 색상을 넣어서 앞쪽에 글자나 모양을 만들어 내는 것도 있는데, 이것은 장식용 거울뿐 아니라 간판의 일종으로도 사용할 수 있다.

5. 소품을 파는 가게라도 전신거울은 필수. 가능하면 벽면에 붙이자

거울은 손님이 자신에게 맞는 상품인지 아닌지를 확인할 수 있게 해 주는 역할도 한다.

요즘에는 옷뿐만 아니라 가방이나 액세서리, 신발, 모자, 안경 등 자신이 하고 있는 물건의 전체적인 조화, 즉 토털 코디네이트에 신경 쓰는 사람이 많아졌다. 따라서 옷가게뿐 아니라 패션소품을 판매하는 가게라도 신체 일부분만 볼 수 있는 거울이 아닌 전신거울이 필요하다.

패션 의류 매장에는 당연히 전신거울을 두어야 한다. 거울이 달린 탈의실(Fitting Room)이 있다 해도, 손님들은 보통 탈의실에 들어가기 전에 먼저 전신을 보며 상품이 자신에게 맞는지 어떤지를 확인하기 때문이다.

또 이동식 전신거울을 두는 것도 나쁘지는 않지만, 가게 내부의 이미지 향상을 위해 벽면 거울을 다는 편이 더 낫다.

단 벽면에 다는 거울은 이동식 거울처럼 위아래로 움직여 가며 볼 수 없으니 조금 큰 사이즈가 좋다. 전신을 다 비추려면 폭 30~35cm, 길이 110cm 정도면 되지만, 이 사이즈는 사람 하나 비추면 꽉 차기 때문에 답답한 느낌을 준다. 따라서 전신을 여유롭게 비춰 보려면 적어도 폭 60cm, 길이 120cm 이상은 되어야 한다.

  또 앞에서도 말했듯이 전신을 잘 보려면 2~3배 정도 떨어진 곳에서 봐야 한다. 예를 들어 키가 160cm인 사람은 적어도 320cm 이상 떨어진 곳에서 거울을 봐야 제대로 볼 수 있다는 이야기다. 물론 한정된 매장 내에서 이런 공간을 확보하기란 쉬운 일은 아니지만 거울을 배치할 때는 이런 점까지 고려해야 한다.

◪ 옷 가게가 아닌 가게도 전신을 비추어 볼 수 있는 전신거울이 좋다

이미지를 향상시키려면?

6. 테두리 효과를 이용해서 벽면에 안정감을 주자

사각이나 원 등의 형태와 상관없이 주위를 그림이나 사진, 문장 등으로 장식하면 왠지 모르게 안정된 느낌이 든다. 이것을 심리학에서는 '테두리(Frame) 효과' 라고 하는데, 평면 테두리보다는 입체 테두리가 더 효과가 크다.

따라서 가게 내부에도 천장과 벽면의 경계 부분이나 벽면 상하 경계선에 테두리를 치면 왠지 모르게 안정되어 보인다. 이 외에도 장식용

■ '테두리 효과'로 벽면이 안정되어 보인다

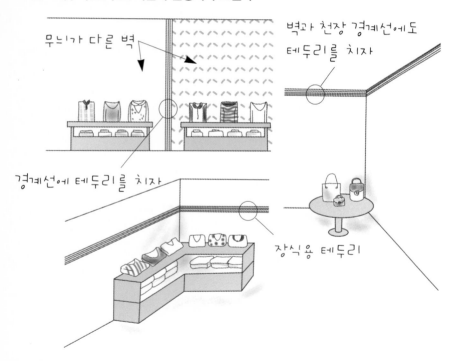

무늬가 다른 벽

벽과 천장 경계선에도 테두리를 치자

경계선에 테두리를 치자

장식용 테두리

으로 다는 '장식용 테두리'를 벽이나 문, 가구류 등에 달면 클래식하면서도 모던한 느낌을 줄 수 있다.

부분 개장 등으로 벽면 일부를 다시 작업할 때도 오래되어서 낡은 벽과 새로 단장한 벽 사이에 테두리를 치면 각각의 벽면이 안정되어 보인다.

'테두리 효과'에 대해서는 상품 표지나 POP 편에서 다시 한 번 설명하도록 하겠다.

7. 가게 내부 조명은 입구, 가게 안, 중앙의 세 부분으로 나눠서 밝기를 조절하자

요즘 손님들은 밝은 가게가 아니면 들어가지 않는다. 앞에서도 말했듯이 전면개방 타입의 가게나 윈도우 레스 타입으로 안이 훤히 들여다보이는 가게는 내부 조명도 가게 외관을 구성하는 하나의 요소다.

거의 해마다 가게 내부 조명은 더 밝아지고 있다. 지금은 평균적으로 900~1,000Lux(명도)이다. 참고로 우리 주변에서 흔히 볼 수 있는 편의점의 평균 조명 밝기는 900Lux 정도다.

가게 내부의 부분별 밝기를 보자. 입구 부근에서 가게 안쪽까지를 삼등분했을 때 우선 가게 입구를 가장 밝게 해야 한다. 이는 손님을 밝은 불빛으로 끌어들이기 위해서다. 그리고 가게 안쪽으로 손님을 유도하려면 가장 깊숙한 부분을 그 다음으로 밝게 해야 한다. 그리고 가장 어두워도 좋은 곳은 중앙 부분이다. 좀 더 구체적으로 설명하자면 가게 내부 전체 밝기를 1로 봤을 때 창 2~4배, 입구 1~2배, 양쪽 벽면

▣ 조명 밝기는 3단계로

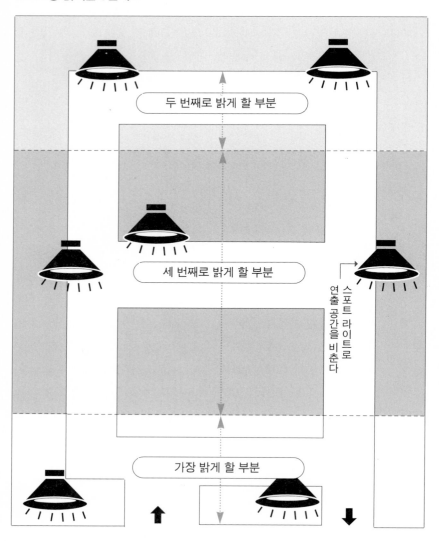

두 번째로 밝게 할 부분

세 번째로 밝게 할 부분

스포트라이트로 연출 공간을 비춘다

가장 밝게 할 부분

PART 2 자기도 모르게 상품에 손이 가는 매장 만들기 상품진열대와 중심 부분 1.5~2배, 가게 안쪽 상품진열대 2~3배로 해야 좋다는 이야기다.

물론 이 수치는 밤의 평균적 조명 밝기다. 만약 조명에 더 신경을 쓰고 싶다면 자연광이 드는 낮에도 조명의 밝기를 조절해야 한다. 자연광은 계절이나 날씨에 따라 밝기가 달라 손님 눈에 비치는 가게 내부 밝기도 변하기 때문이다.

또 옷가게처럼 계절이나 유행에 따라 상품 색상이 바뀌는 가게는 내부 조명의 밝기가 주는 느낌이 계절이나 시기별로 달라지므로 조명을 조절해야 한다.

단, 조명 조절은 형광등 등의 기본 조명(전체조명)의 알을 하나 빼거나 하향 조명을 끄는 등의 방법은 가게 내부 이미지를 떨어뜨리므로 배선레일에 스포트라이트를 설치해 두고 밝기에 따라 이를 껐다 켰다 하는 것이 좋다.

8. 가게 내부 이미지에 맞는 조명을 사용하자. 단, 눈부심이나 깜박거림에 주의!

일반적으로 천장조명에는 조명을 천장에 다는 실링램프(Ceiling lamp) 타입, 천장에 배선레일을 깐 뒤 그곳에 이동식 스포트라이트를 다는 레일 타입, 그립(Grip)에 스포트라이트를 달아 대들보나 진열대 등에 끼워 단 그립램프 타입, 천장에 달아 늘어뜨리는 펜던트 타입(Hanging lamp)이나 샹들리에(Chandelier) 등이 있다.

또 벽면에 다는 조명 기구로는 벽면을 강조하기 위한 월 램프

(Wall—lamp) 타입이 있고, 놓아두는 조명 기구로는 바닥에 놓는 플로어스탠드 타입과 테이블 등에 놓는 테이블램프 타입이 있다.

여러 조명 전문 제조업체가 다양한 광선의 전구 알이나 디자인의 조명 기구를 판매하고 있으니, 자기 가게에 어떤 조명이 어울릴지 잘 검토해서 활용해 보자.

여기서 주의해야 할 점은 가게 내부 디자인 이미지에 맞는 것을 사용해야 함은 물론, 손님의 눈에 직접적으로 광선이 닿아 눈이 부시는 일이 없도록 해야 한다는 것이다. 또 형광등은 광원 수명이 다하기 전에 깜빡깜빡 하는데 이 또한 손님을 짜증나게 하므로 미리 교환하는 등 유지 · 관리에 세심한 주의를 기울여야 한다.

9. 벽면 진열대에서 천장까지의 공간을 가게 내부 이미지를 향상시키는 데 활용하자

가게 벽에는 점포를 설계할 때부터 상품진열대를 달 수 없는 곳이나, 상품진열대를 설치하기는 했는데 너무 높아서 손님의 손이 닿지 않는 곳이 있다. 또 210cm 이상에는 상품을 진열해도 손님이 보기 힘들고 집기도 어렵기 때문에 진열하지 않는 경우가 많은데, 그러면 이곳은 빈 공간으로 남게 된다.

이 벽면을 그냥 방치해 두면 왠지 모르게 사이가 떠 보여서 가게 분위기도 텅 빈 느낌이 든다.

하지만 사실 이런 공간은 가게 이미지를 높이는 데 더할 나위 없이 좋다. 구체적으로는 다음과 같은 방법이 있다.

(1) 화병에 꽂은 화초나 조그만 화분을 놓는다.
(2) 벽면이 조금 넓으면 제조업체나 도매상 이미지에 맞는 포스터를 액자에 넣어 장식한다.

　　단 포스터 한 장만 달랑 붙여 놓은 가게가 많은데, 이러면 싼 느낌을 주어서 아무런 효과를 기대할 수 없다. 똑같은 포스터라도 액자에 넣으면 '테두리 효과' 로 훨씬 그럴싸하게 보인다. 여기에 스포트라이트까지 비추어 준다면 금상첨화다.
(3) 상품 전시 공간으로 활용한다.

　　매장 전시와는 달리 가게 내부 이미지 향상에 큰 도움을 준다.
(4) 벽면 베이스 컬러와 다른 색상으로 모양을 넣는다.

　　품위 있어 보이고 싶다면 같은 계열의 색상을, 캐주얼한 느낌을 연출하고 싶다면 반대색 계열의 색상을 사용하면 된다.
(5) 가게 내부 디자인의 특징을 살릴 수 있는 작품을 만들어 단다.
(6) 벽면에 매장의 간판을 디자인화해서 붙인다.
(7) 그림이나 사진을 액자에 넣어 장식한다.
(8) 조명으로 벽면에 빛을 비춘다.

　　광원을 감추고 벽면에 빛을 쏘는 간접조명이나 반간접조명은 가게 내부 분위기를 편안하게 만든다. 때에 따라서는 광색을 활용해 신나는 분위기도 연출할 수 있다.

10. 저렴한 비용으로 내장을 끝낼 수 있는 몇 가지 방법

최근에는 경비절약이 가게 경영에서 가장 중요한 키워드가 되고 있다. 따라서 저렴한 비용으로 내장을 해결할 수 있으면 더할 나위 없이 좋겠지만, 이미지나 분위기를 어느 정도 유지해야 하기 때문에 경비를 줄이기가 좀처럼 쉽지 않다.

하지만 뜻이 있는 곳에 길이 있는 법, 다음의 팁을 적극 참고하자.

일반적으로 천장이나 벽, 바닥을 입체감 있게 하려면 비용이 더 든다. 그러므로 가능한 한 심플하고 평평하게 해야 한다.

또 천장이나 벽에 도장(塗裝)을 하는 대신 벽지를 사용하면 나중에 보수공사를 하거나 이미지 변신을 위해 손을 댈 때도 저렴한 비용으로 할 수 있다. 바닥은 비닐 종류나 카펫타일처럼 유지·관리가 쉬운 것이 결과적으로 싸다.

또 가능하면 최고급 소재를 사용하는 것도 좋다. 예를 들어 목재는 가공 방법에 따라 가격이 천차만별이고 벽지도 종류가 수없이 많지만, 예산 안에서 최고의 소재를 사용하면 처음에는 돈이 많이 드는 것 같아도 오래가기 때문에 경제적이다. 게다가 고급 소재는 세련돼 보이기 때문에 가게 이미지 향상에도 큰 도움이 된다.

단, 저렴한 비용으로 만든 가게는 아무래도 삭막한 느낌을 주기 쉽다. 따라서 이미지 향상이나 분위기 연출을 위해 각종 간판이나 인테리어 소품을 사용해야 한다. 예를 들어 벽이나 가게 안에 현수막을 친 것 같은 느낌이 나도록 천으로 장식하거나(천에 주름을 잡으면 클래식한 느낌이 나고, 그냥 펼쳐서 사용하면 모던한 느낌이 나며, 색이나 모양을 바꾸면 계절감을 연출할 수 있다), 롤 블라인드를 이용해서 공간을 나누는 것도 좋은 방법이다. 또 천장이 높은 가게라면 캐노피 등을 활용해 가게 분위기를 연출할 수도 있다.

그리고 진열대를 사용하는 방법도 있다. 건물 자체에 붙어 있는 것이 아니라 이동식 진열대나 시스템 진열대를 사용하면 가게 배치를 언제든지 쉽게 바꿀 수 있다.

하자만 싸다고 다 좋은 것은 아니다. 내장을 싸게 했다 하더라도 만약 성과가 좋지 않으면 아무 소용 없다. 다시 말해 들인 비용 이상의 결과가 있어야 비용 삭감에 성공했다고 할 수 있다는 말이다. 분모인 성과가 크면 클수록 분자인 비용이 줄어드는 것은 당연한 이치다.

11. 브라우징(Blousing)=여유의 공간을 만들자

요즘 손님들이 좋아하는 가게를 보면 다음과 같은 특징이 있다. 일용품, 그중에서 샴푸를 예로 들어 보자. 우선 샴푸 종류가 많아 원 스톱 쇼핑을 할 수 있고, 가게 안이 청결하며, 상품이 어디에 있는지 금방 알 수 있고, 판매원이 지나치게 따라붙지 않으며, 계산대에서 기다리지 않고, 짧은 시간 안에 쇼핑을 끝낼 수 있는 가게다.

반면에 전문점에서 일용품이 아닌 고가품을 살 때는 느긋하게 쇼핑하기를 좋아한다. 따라서 이런 손님을 가게로 끌어들이려면 느긋하게 상품을 둘러보거나 몸의 피로를 풀 수 있는 장소를 만들어야 한다. 예를 들어 잠시 동안 지친 몸이나 머리를 식힐 수 있는 의자나 테이블이 마련되어 있거나 바닥 일부분에 카펫이 깔려 있어 앉아서 쉴 수 있으며, 커피, 홍차 등을 즐길 수 있는 곳 등이다.

예전부터 백화점에는 각층에 손님 휴게실이 마련되어 있고, 고급전문점에는 앉는 느낌이 좋은 의자나 소파가 있어서 손님이 판매원과 편안하게 대화할 수 있게 되어 있었다. 하지만 지금은 이런 고급 매장뿐만 아니라 일용품을 파는 가게도 이와 같은 배려가 필요하다.

참고로 요즘 대형서점을 보면 통로가 넓거나 각 매장마다 앉아서 책을 읽을 수 있는 의자 혹은 테이블이 있다. 이런 공간을 '긴장이 풀린 상태', '여유'라는 뜻의 '브라우징'이라고 부른다.

모든 가게가 공간의 제약 때문에 '브라우징'을 쉽게 만들 수 있는 것은 아니지만, 한 번쯤 검토해 볼 만한 일이다.

■ 아이를 데리고도 여유롭게 쇼핑을 즐길 수 있다

12. 손님 눈은 의외로 까다롭다. 가게를 청결하게 유지할 수 있는 비결은?

가게는 많은 사람이 출입하는 곳이기 때문에 쉽게 더러워진다. 게다가 항균제품 등이 인기를 끌고 있는 점에서도 알 수 있듯이, 요즘 손님들은 청결한 느낌을 좋아하기 때문에 가게를 깨끗이 하는 것도 손님을 끌기 위한 필수 조건이다.

입구, 투명 유리 벽, 새시, 창문이나 샘플 케이스 등은 밖에서 보는 손님 눈에 띄기 쉬우므로 더러운 곳이 있으면 미루지 말고 바로 닦아서 반짝반짝 윤이 나게 해 두자. 또 테이블 가장자리나 다리, 진열대 가장자리나 모서리, 자동문의 레일 홈 등도 의외로 손님들이 포착하기 쉬우므로 항상 깨끗하게 유지해야 한다.

또 청소할 때 의외로 그냥 지나치기 쉬운 곳이 계산대 주위와 비품 등이다. 이런 곳은 손님이 계산할 때 잘 보는 곳이므로 지저분해 보이지 않도록 항상 정리 정돈해야 한다.

또 가게 입구 앞이나 안쪽 바닥도 손님의 눈에 잘 띄는 곳이므로 매일매일 청소해야 한다.

아울러 냄새에도 신경을 쓰자. 손님 중에는 냄새에 민감한 사람이 꽤 많으므로 가게 안에서 이상한 냄새가 나지 않도록 부지런히 환기하고, 공기청정기를 설치해야 한다.

모든 것이 한 번 더러워져 버리면 이후에는 청소하기가 꽤나 힘들다. 그러니 매일매일 청결함을 유지할 수 있도록 손님이 없을 때는 항상 상품을 정리 정돈하고 청소하는 습관을 들이도록 하자.

13. 화장실의 기본은 청결. 화장실이 너무 화려하면 오히려 마이너스!

예전부터 그 집의 진정한 모습은 화장실을 보면 알 수 있다는 말이 있는데, 가게도 마찬가지다. 화장실은 기본적으로 위생적이고 청결하며 향기가 나는 곳이어야 한다.

단, 아무 의미 없이 너무 화려하게 만드는 것은 재고해 볼 일이다. 거품 경제 시대에는 너도나도 화장실을 호화롭게 만들었지만, 너무 화려해서 오히려 마이너스 요인으로 작용한 곳도 있었다. 여기서 중요한 점은 화장실은 단순히 깨끗해서만 되는 것이 아니라, 가게 이미지와 어울려야 하고 주위 환경과도 조화를 이루어야 한다는 사실이다.

따라서 움직이기 쉬운 넓은 공간과 손잡이 등의 안전 설비, 부드러운 색상, 조명이나 실내온도 조정설비, 화초 등을 이용해서 쾌적한 화장실을 만들어야 한다.

바닥이나 벽, 변기, 세면대, 거울 등이 더럽거나, 휴지나 비누 등이 떨어져 있으면 아무리 인테리어를 좋게 한 화장실이라도 손님을 질리게 만든다. 그러므로 하루에도 몇 번씩 체크하자.

14. 손님에게 편안함을 주는 자연물 활용법

사람에 따라 좋아하는 인테리어는 다르다. 하지만 무기적(無機的)인 것이나 인공적인 것을 좋아하는 사람이라도 자연물(Nature Goods)을 싫어하는 사람은 거의 없다. 또 요즘에는 계절마다 그에 맞는 화초를 기르거나 컨테이너 가든(Container Garden. 여러 종류의 식물을 꽃병, 수반, 꽃바구니 등에 심어 놓은 정원_역주)을 만들고 관엽 식물이나 관상어 수조를 집 안에 두는 가정도 드물지 않다. 모두 편안함을 추구하는 것이리라. 따라서 손님이 여유와 편안함을 느낄 수 있는 기분 좋은 가게를 만들려면 이러한 자연물을 사용해야 한다.

한참 인기를 끌었던, 분재용 장식 용기 등을 사용한 영국식 화초재배 법인 컨테이너 가든은 어떤 상품을 취급하는 가게든 외장용으로는 어울리지만 실내에는 어울리지 않는다. 따라서 가게 안에는 관엽 식물을 심은 화분 혹은 계절 화초를 꽂은 꽃병을 두자. 이것들을 천장에 묶거나 벽면에 걸어도 좋다.

업종에 따라 다르겠지만 관상어 등이 들어간 수조를 두는 것도 가게를 즐거운 공간으로 바꾸는 방법 중 하나다. 단 동물은 위생 문제도 있고 좋아하는 손님과 싫어하는 손님이 확실히 구분되므로 포기하는 편이 낫다.

■ 가게 안도 녹색으로

참고로 화초 화병 옆에는 거기에 꽂힌 꽃 이름을 조그만 카드에 써서 놓아두자. 꽃의 원산지를 그린 일러스트가 있으면 더 좋다. 그러면 손님과 판매원 또는 손님들 사이에 이야깃거리가 생겨 풍요로운 시간을 연출할 수 있다. 물론 장식하는 화초는 상품 이미지나 디스플레이에 맞는 것이어야 한다.

15. 의외로 중요한 가게 온도. 손님이 쾌적하다고 느끼는 온도는?

요즘에는 문이 있는 클로즈드 타입의 가게도 대부분 냉난방 공기조절기 설비가 있다. 의외로 그냥 지나치기 쉽지만 이 공기조절기로 만들어진 가게 온도가 손님들의 가게에 대한 쾌적한 이미지를 좌우한다. 가게가 위치한 지역의 기후나 통행객의 체감온도에 따라 약간 차이가 있기는 하지만, 사람이 쾌적하다고 느끼는 온도는 20±2도 정도다. 하지만 가게는 손님이 들어오고 나갈 때마다 바람이 들고 나기 때문에 이보다 조금 높은 23~25도 정도가 적당하다.

가게 온도를 항상 이 정도로 유지하면 좋은데, 이때 주의할 점은 가게 안에 있는 판매원이 밖의 손님들이 느끼는 더위, 추위에 둔감해져서 손님과 판매원 사이에 거리감이 생긴다는 점이다. '더운 날씨에, 혹은 추운 날씨에 이렇게 찾아주셔서 감사합니다'라고 진심으로 생각하느냐, 안 하느냐는 고객을 대할 때 어투에 미묘하게 나타나고, 손님도 이것을 민감하게 느끼기 때문이다. 따라서 판매원은 별다른 일이 없더라도 하루에 몇 번씩 가게 밖에 나가 봐야 한다.

어떤 가게들은 더울 때나 추울 때나 항상 문을 열어 두어 가게 앞을 지나는 사람에게 가게의 쾌적함을 느끼게 해서 손님을 끌어들인다.

PART 2 자기도 모르게 상품에 손이 가는 매장 만들기

■ 바깥 기온에 둔감해지면……

16. 가게 내부 장식은 싸 보이지 않는 좋은 것으로

가게 내부 장식품으로는 일반 가정의 인테리어 소품으로 사용되는 나무나 미술골동품 등도 활용할 수 있다. 또 가게 이미지를 향상시키거나 분위기를 연출하는 장식물로 크리스마스나 정월 등의 연중행사, 신장·개장 오픈 행사 때 사용되는 장식 등이 있다. 단 옛날부터 싸고 번쩍거리기만 하는 장식을 보고 좋아하는 손님은 없었다.

각종 깃발, 삼각 깃발, 화환 등은 대표적인 개장 오픈 행사 장식물인데, 이 또한 너무 많이 사용하면 손님들이 좋아하지 않는다.

또 크리스마스트리에 다는 장식이나 화환, 끈 모양 코드 등도 차분한 색상의 질 좋은 것을 써야 한다.

일반적으로 이들 장식품은 가게 내에 따로따로 장식하는 것보다 강약을 두고 손님 눈에 잘 띄는 곳에 집중적으로 하는 편이 더 강한 인상을 준다. 참고로 가게 안쪽은 자연스러운 느낌이 들도록 장식하거나 아무것도 장식하지 않는 편이 손님들에게 깊은 인상을 준다.

17. 청각은 시각 다음으로 중요하다. 손님이 편안해 하는 BGM은?

이미지나 분위기를 느끼는 감각 중에서 사람에게 가장 큰 영향을 미치는 것은 시각이고, 그 다음이 청각이다.

거리에서 들리는 전차나 자동차, 사람들의 웅성거림이 뒤섞인 떠들썩한 소리는 왠지 활기를 느끼게 하고, 기분을 들뜨게 만들지 않는가? 또 가게 안에서 한잔 하고 있을 때 다른 사람들의 약간 북적거리는 소리에 파묻혀 있노라면 기분이 유쾌해지지 않는가?

이제 가게 안으로 돌아와 보면, 매장에서 나는 대부분의 소리는 손님이나 판매원의 목소리, 그리고 BGM(Back Ground Music)이다. 가게에서 파는 상품 이미지에 맞는 음악을 틀자. 그러면 손님이 기분이 좋아져서 가게에 오랫동안 머물려고 한다.

예를 들어 고급품을 판매하는 가게는 미국이나 유럽의 클래식 음악을 작게 트는 것이 좋고, 젊은이를 대상으로 한 스포츠 용품점이나 캐주얼웨어 전문점 등에서는 팝 계열의 음악을 크게 트는 것이 알맞다.

참고로 바람이나 냇물 등 물이 흐르는 소리, 그리고 파도 소리, 작은 새의 지저귐, 벌레 소리 등 자연의 소리는 사람에게 안정감을 준다.

이러한 환경 친화적인 소리나 자연의 소리(자연이 담고 있는 편안한 느낌의 소리)는 어떤 매장의 BGM으로도 사용할 수 있다.

잘나가는 가게 노하우 151가지

✔ 집기 선택을 잘하려면?

1. 집기는 상품보다 눈에 띄지 않고 꼼꼼하게 만들어진 것을 고르자

일반가정의 인테리어가 실내 내장 디자인과 가구, 세간 등이 조화를 이루어 만들어지는 것처럼, 가게인테리어도 점내 내장 디자인과 집기 디자인이 조화를 이루어 만들어진다.

하지만 일반가정과 가게 내부 인테리어에는 다음과 같은 차이점이 있다. 가정에서는 가구나 세간 등의 집기가 실내 이미지에서 상당히 중요한 역할을 하지만, 가게에서 집기는 어디까지나 상품을 빛내는 조역이라는 점이다. 따라서 가게 집기는 상품보다 눈에 띄어서는 안 되고, 상품을 빛내 줄 수 있는 디자인으로 점내 내장 디자인과 동떨어진 느낌이 없어야 하겠다.

대표적인 집기는 다음 페이지에 정리해 두었으니 참고하자.

◾ 상품에 맞는 집기를 고르자

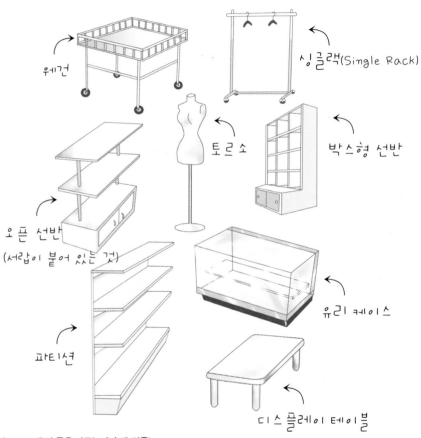

웨건

싱글랙(Single Rack)

토르소

박스형 선반

오픈 선반
(서랍이 붙어 있는 것)

파티션

유리 케이스

디스플레이 테이블

(wagon, 요리 등을 나르는 손수래-역주)
(torso, (머리, 손발이 없이) 몸통뿐인 조상-역주)

2. 모서리가 날카로운 것은 피하고 목재 등 손님을 안심시키는 재질을 선택하자

사람은 끝부분이 날카로운 것이 자신을 향해 있다고 느끼면 공포감을 느끼는데, 이것을 '첨단(尖端)공포' 라고 한다.

이 첨단 공포를 주는 것은 아닌지에 유의해 집기를 선택하자. 공포감을 줄 뿐 아니라 손님이 실제로 다치지 않도록 집기 모서리는 모두 둥근 곡선 혹은 각이 쳐진 것으로 사용해야 한다. 재질도 가게 이미지 때문에 유리나 돌, 금속 등을 사용할 수도 있지만 손님에게 가장 안정감을 주는 것은 뭐니 뭐니 해도 목재다.

아무쪼록 안정감이 없는 것이나 금방이라도 부서질 듯한 느낌을 주는 집기는 사용하지 말자. 상품진열도 금세 쓰러질 듯 많이 쌓는 것은 피해야 하고, 망가진 집기는 절대 사용해서는 안 된다.

또 집기는 일반적으로 거기에 진열될 상품 중량의 3배 이상까지 지탱할 수 있다고 하지만, 다리 일부분이 조금만 망가져도 이 안전 기준이 낮아지기 때문에 즉시 수리 혹은 교체해야 한다.

3. 집기는 너무 크지 않고 이동 가능한 것이 최고!

현대는 손님이 선호하는 상품이 하루가 다르게 변화하는 시대다. 이에 따라 상품의 느낌이 변한다면, 가게는 그에 맞게 인테리어도 바꾸어야 한다. 기본적으로 상품에 맞는 이미지와 분위기를 연출하는 것이 당연하기 때문이다. 하지만 외관을 비롯한 점포 개장에는 상당한 비용이 들기 때문에 변화를 주는 일이 간단할 수만은 없다.

이때 가장 간편하게 가게 분위기를 전환시키는 방법이 바로 집기 배치를 바꾸는 것이다. 이는 가게 이미지나 분위기에 변화를 주어서 손님이 질리지 않도록 하는 방법 중 가장 저렴한 것이기도 하다.

따라서 가게 집기는 이동할 수 있는 것이어야 한다. 간단히 이동시키고자 한다면, 바퀴가 달린 것이 좋고 사이즈도 너무 크지 않아야 한다.

예전에는 정면 폭이 180~240cm나 되는 대형 집기가 주를 이루었는데, 이렇게 사이즈가 크면 아무래도 쉽게 움직일 수 없다. 식료품을 냉장하거나 냉동하기 위한 케이스 등은 어쩔 수 없다 하더라도 일반적으로 60~150cm 정도가 상품을 어느 정도 넣고도 쉽게 이동시킬 수 있는 사이즈다. 이 정도 크기의 집기로 매장을 꾸며 놓으면 배치로 꾀하는 변화는 언제든 오케이!

또 상하 높이를 쉽게 바꿀 수 있는 것이 좋다. 상품의 양을 조절하거나 그때그때의 상품 사이즈에 맞게 높이를 바꿀 수 있는데다가, 진열장 등도 높이를 바꾸면 상품진열에 변화를 줄 수 있기 때문이다. 이런 방식 가운데 하나가 조립을 바꿀 수 있는 시스템 진열대다. 단, 이 시스템 진열대는 한 번 조립하면 바꾸기가 녹록치 않아 좀처럼 재조립을 할 수 없다는 단점이 있다. 따라서 부품이 너무 많지 않고 단순하며 소형인 것을 사용하는 편이 좋다.

4. 정면진열 시대에 상품의 매력을 최대한 살릴 수 있는 집기는?

상품의 진정한 매력은 그 내용이나 기능이지만, 이러한 점들은 사용해 보지 않으면 알 수가 없다. 즉 손님이 가게에서 상품을 고를 때는

▣ 눈에 잘 들어오는 페이스 진열

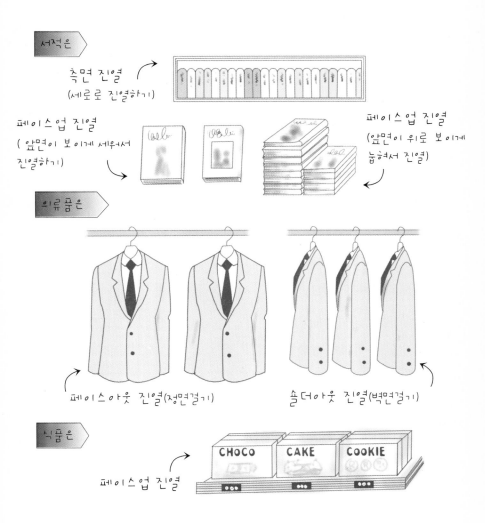

서적은

측면 진열
(세로로 진열하기)

페이스업 진열
(앞면이 보이게 세워서
진열하기)

페이스업 진열
(앞면이 위로 보이게
눕혀서 진열)

의류품은

페이스아웃 진열(정면걸기)

숄더아웃 진열(벽면걸기)

식품은

CHOCO CAKE COOKIE

페이스업 진열

상품의 외견인 전체 디자인이나 정면(상품의 얼굴)에서 본 디자인이 결정적인 역할을 한다는 말이다. 따라서 제조업체도 상품의 외견이나 패키지 등의 디자인을 매우 중시하는 것이다.

집기도 이러한 상품의 얼굴을 손님에게 정확히 보여줄 수 있는 것을 사용하자. 예를 들어 서적이나 잡지는 책꽂이에 세로로 꽂아두는 것보다 앞표지가 보이게 세우거나 가로로 눕혀서 진열하는 정면진열(Face—Up)을 하는 편이 낫다. 패션 의류와 관련된 집기도 행거에 세로로 거는 벽면 걸기(Shoulder—Out)보다는 앞을 보게 거는 정면 걸기(Face—Out)가 가능한 것이 더 좋다.

또 손님에게 잘 보일뿐 아니라 손으로 만져 보고 집어 볼 수 있어야 하며, 판매원이 떨어진 상품을 채워 넣거나 관리를 쉽게 할 수 있는 기능적인 면도 중요하다.

5. 공간에 여유가 있으면 손님이 서서 상품을 고를 수 있는 집기가 좋다

상품진열은 집기에 따라 어느 정도 결정된다. 따라서 손님의 입장에서 보기 쉬운 위치에 상품을 진열할 수 있는 집기를 사용해야 한다. 손님이 쓸데없게 신경 쓰는 일 없이 상품을 잘 볼 수 있도록 배려하자.

그렇게 하려면 손님이 선 상태에서 상품을 자연스럽게 바라볼 수 있도록 하는 집기를 써야 한다.

그 집기는 크기도 크고, 약간 특이한 형태로 되어 있어 상당한 여유 공간이 필요한데 자세한 설명은 뒤의 진열편에서 소개한다.

PART 3
구매욕을 자극하는
상품 진열법

151 Variety Know - how

잘나가는 가게 노하우 151가지

✔ 상품을 잘 진열하려면?

1. 상품 정면이 손님 눈을 향하도록 하자

집기 편에서도 설명했듯이 상품진열은 원칙적으로 손님이 가능한 한 정확히 상품 정면을 볼 수 있도록 해야 한다. 혹은 마이너스 이미지를 주지 않도록 위의 상품은 아래쪽을 바라보게, 아래 상품은 위쪽을 바라보게 해야 한다.

이와 마찬가지로 좌우에 상품을 진열할 때도 손님 눈을 중심으로 진열해야 한다. 정면은 손님과 일직선으로 마주 보게 하면 되지만, 상품 앞에 선 손님을 중심으로 좌우에 상품을 배치할 때는 상품 정면이 잘 보이도록 손님을 향해 약간 곡선을 그린 오목한 형태의 원호(圓弧)형이나 양쪽이 꺾인 거북이 등 형으로 해야 한다.

또 좌우에서 손님이 다가오는 자리에 상품을 진열할 때는 중심부가 손님 쪽으로 튀어 나온 볼록한 형태의 역원호형이나 거북이 등 형으로 해야 한다. 그러면 좌우 어디에서 손님이 다가와도 상품 정면이 멀리서부터 보이기 때문에 눈길을 끄는 효과가 있다.

이러한 점들은 소형 상품을 진열할 때나 쇼 케이스(쓰임에 따라 다양하고 주로 유리로 된 것이 많다.), 조금 긴 선반(상품 사이즈에 따라 다르겠지만 대체로 150cm 이상)에 상품을 배열할 때 중요하다.

◼ 손님 시각에 맞춘 진열

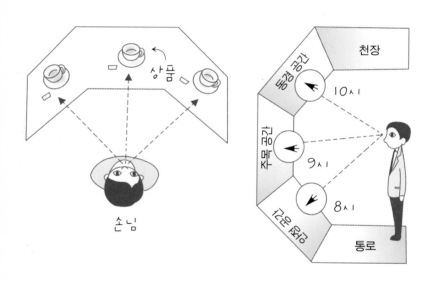

2. 손님이 자기도 모르게 상품을 집는 판매하기 쉬운 장소는?

손님이 보기 쉽고 집기 쉬운 상품진열을 하려면 어떻게 해야 할까?

우선은 상하 높이를 생각해야 한다. 매장에 선 손님의 눈높이(신장 0.9)에 맞추어 손님에게 잘 보이는 시야로 계산하면 바닥에서 60∼70cm 올라간 곳에서 180∼210cm 정도가 가장 좋다고 한다.

단, 벽면은 이렇게 해도 되지만 매장 중심부는 가게 조망이 나빠지므로 눈의 위치(시선 높이)보다 낮게 해야 한다. 그 높이는 바닥에서 약 150cm 정도로, 중심부의 상품진열은 이보다 높게 하지 않는 편이 좋다. 여러 번 말했듯이 이 높이부터 천장까지의 공간이 비어 있으면 손님이 매장을 여유롭고 넓게 느끼기 때문이다.

벽면 상품진열도 손님이 선 상태에서 자연스럽게 손을 뻗어 상품을 집으려면 이 높이 정도가 적당하다.

또 손님이 움직이지 않고 서서 볼 때 상품을 손에 집을 수 있는 좌우 폭은 90∼120cm 정도이다. 이보다 폭이 넓어지면 움직여야 되기 때문

■ 자기도 모르게 손이 가는 판매 골든 스페이스

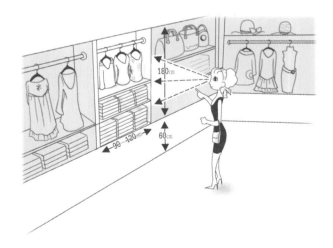

상품을 잘 진열하려면?

이다. 참고로 이 옆 위치에서도 왼쪽과 오른쪽으로 나눴을 때, 같은 상품이라도 오른쪽에 진열된 쪽이 더 잘 팔린다고 한다. 이는 두말할 필요도 없이 오른손을 뻗치기 쉬운 오른손잡이가 많기 때문이다.

지금까지 설명한, 손님이 보기 편하고 집기 수월한 범위를 쇼핑하기 쉬운 장소(공간), 즉 '판매의 골든 스페이스' 라고 불린다.

3. 상품진열은 가로 진열보다 세로 진열이 효과적이다

손님이 보기 쉽고 고르기 쉬우며 집기 쉽게 하는 진열 방법으로는 세로 진열과 가로 진열이 있다. 또한 미국의 유명 백화점, 노드스트롬(Nordstrom)이 개발한 '세로 주력 상품, 가로 관련 상품' 이라는 진열 기법도 있다. 이것은 세로축에 각 상품을 진열하고, 그와 관련된 상품을 양쪽 옆 가로축으로 배열하는 방법이다.

세로 진열은 손님이 상품을 고를 때 한눈에 양쪽에 있는 다른 상품과 비교할 수 있다는 장점이 있다. 또 가게 입장에서 보면 선반별로 판매 수량을 평균화할 수 있다는 것도 장점이다. 일반적으로 세로 진열은 상품에 따라 다르긴 하겠지만, 상단에는 동일품종상품이나 동일 요소의 상품을, 하단에는 같은 상품이나 같은 요소를 갖춘 상품을 색상별로 배열하는 방법이다. 단, 모든 색상이 갖추어져 있고 깨끗하게 진열되어 있을 때는 보기 좋지만, 비뚤어져 있거나 하면 지저분해 보인다는 단점도 있다.

참고로 세로 진열에는 대형 소매점 등에서 흔히 볼 수 있는 방법으로, 진열대의 선반 일부를 뺀 후 옆으로 진열된 상품과는 다른 상품을

세로로 진열하는 '슬롯(Slot) 진열'도 있다.

반면 가로 진열은 동일품종, 동일요소를 갖춘 상품을 가로로 진열하는 방법으로, 긴 선반이나 높이가 다른 여러 선반을 많이 사용하면 상품이 많은 느낌을 줄 수 있다는 이점이 있다. 그러나 손님이 옆으로 이동하며 구경하다 보면 질릴 수도 있다는 것이 단점이다.

또 한 조사에 따르면 가로, 세로 진열을 비교해 봤을 때 세로 진열의 판매 효율이 더 높은 것으로 나타났다.

4. 상품을 홀수로 진열하면 좋은 인상을 준다

사람은 예로부터 3, 5, 7, 9 등의 홀수를 좋아했다. 2, 4, 6, 8 등과 같은 짝수는 안정된 느낌이 있어서 의식(儀式) 등에는 많이 쓰이지만, 좋은 느낌을 주는 쪽은 보통 홀수인 것이다.

상품을 진열할 때도 이런 점을 이용해서 같은 상품을 홀수로 배열해 보자. 손님이 상품을 볼 때도 자연스럽게 홀수로 세는 데 익숙해져 있을 테니 말이다. 또한 홀수로 구성하면 손님 눈에 좋은 인상을 주어 보기 쉽다는 느낌을 주게 된다.

홀수는 7 2인 9, 7, 5나 5 2인 7, 5, 3으로 기억해 두면 편리하다.

참고로 7 2는 외국에서 사람이 기억하기 쉬운 수, 혹은 사람이 효율적으로 관리할 수 있는 사람 수 등으로 여겨지고 있다. 아울러 많은 연구자들도 이 사실을 인정하여 전화번호나 우편번호, 기업 조직 구성 등에 이용되고 있다.

5. 그라데이션으로 역동적인 분위기를 연출하자

손님이 상품진열을 보고 리듬을 느낄 수만 있다면 그 리듬을 타고 더 많은 상품을 보게 된다.

이 리듬감을 내는 방법 중 하나로 작은 것, 낮은 것에서 점점 큰 것, 높은 것 순으로 진열하는 방법이 있는데 이를 일컬어 그라데이션이라고 한다. 그 외에도 밝은 색상부터 어두운 색상 순으로, 소재의 느낌이 촘촘한 것에서 성긴 것 순으로 등과 같은 다양한 요소가 있다.

또 조금 감각적으로 표현하자면 리듬의 음과 음 사이(시간의 간격)처럼 사물과 사물과의 사이(공간의 간격)를 그라데이션해도 리듬감을 낼 수 있다.

또 같은 사물을 많이 늘어놓으면 리듬감이 없어 보는 사람이 질리기 쉬운데 그 사이에 다른 크기, 다른 높이, 다른 색, 다른 소재의 사물을 일정한 간격으로 반복적으로 끼어 넣으면 그라데이션보다 약하긴 하지만 리듬감을 낼 수 있다. 이 일정한 간격으로 반복하는 리듬을 '반복, 교대반복, 레피티션(Repetition), 리플레인(Refrain)' 이라고 부른다.

▣ 리듬감을 연출해서 손님의 눈을 질리지 않게 한다.

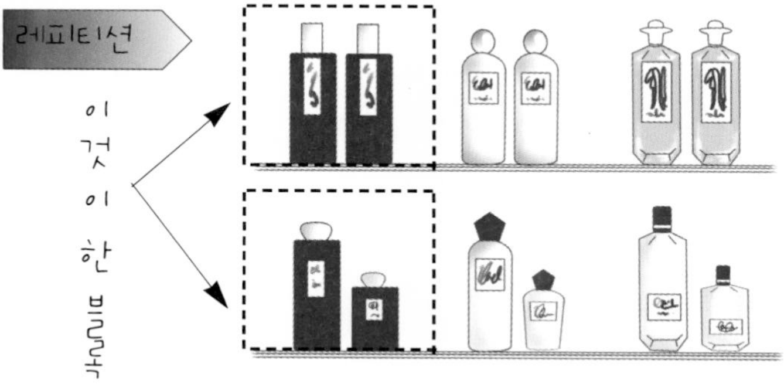

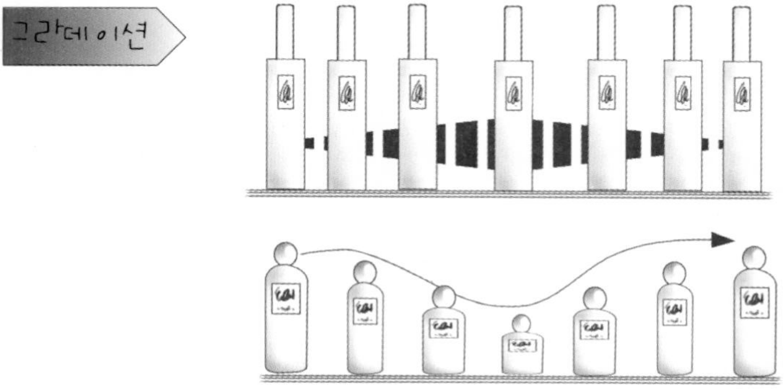

6. 손님은 왼쪽에서 오른쪽으로 상품을 본다. 팔고 싶은 상품은 오른쪽에 두자

이유는 모르겠지만 눈을 왼쪽에서 오른쪽으로 움직이는 것을 자연스럽게 느끼는 사람이 많다고 한다(왼쪽에서 오른쪽으로의 시선의 편호성偏好性).

따라서 손님이 서서 진열대를 볼 때 보통 왼쪽에서 오른쪽으로 눈을 움직이게 되므로 상품은 왼쪽에서 오른쪽으로 진열하면 보기 쉬워진다.

또 왼쪽부터 보기 시작하면 오른쪽이 더 안정되고 강하게 느껴지는, 즉 오른쪽에 존재감을 느끼게 된다고 한다. 그러니 특히 더 팔고 싶은 상품이라면 오른쪽에 두자. 왼쪽부터 보기 시작해서 오른쪽에 있는 상품에 손을 뻗는 손님이 더 많을 것이기 때문이다.

위와 같은 특성이 많은 사람이 오른손잡이고 그중 대부분이 오른쪽 눈을 주로 이용하기 때문이라고도 하지만 사실인지 아닌지는 알 수 없다.

참고로 그림이나 국기 등도 왼쪽에서 오른쪽으로 본다는 점을 고려해서 만들어졌다고 한다.

7. 세심한 유지 · 관리가 필요한 '전진진열' 활용법

상품을 오픈 선반에 진열할 때는 손님이 바로 앞에 있는 것을 집기 쉬우므로 최대한 앞쪽에 두어야 한다(정지장치(Stopper)가 있다면 그 선 거의 끝까지). 이것을 바로 '전진진열' 혹은 '전진 입체진열' 이라고 한다.

이때 당연히 상품은 앞줄부터 줄어들기 때문에 물건이 나가면 항상 뒤에 있던 것을 앞으로 끌어내야 한다. 앞줄 상품이 팔려서 뒷줄 상품이 선반 때문에 손님 눈에 잘 띄지 않고 집기 어려워지는 '후퇴진열'은 바람직하지 않다.

참고로 대형 소매점에서는 같은 상품이 몇 줄씩 진열되어 있는데, 이런 진열대에서는 각 선반대 가장 앞줄에 있는 상품부터 팔려 나가고 그다음에 두 번째 줄, 세 번째 줄 순으로 팔려 나가는 경향이 있다. 이는 욕조 마개를 뺐을 때 물이 균일하게 빠져나가는 것과 비슷해서 '배스터브(Bathtub) 이론'이라고 불린다.

'전진진열'에는 다음과 같은 특징이 있다.

① 진열대 앞줄부터 뒷줄(안) 순으로 진열하면 깨끗하다.

② 몇 단씩 쌓을 때는 첫 단을 견고하게 쌓은 후 그 위에 빈틈없이 쌓아 올린다.

③ 선반이 여러 개일 때는 중간 단부터 진열하고 상·하단은 중간 단에 맞추어서 진열하면 진열대 전체가 정돈된 형태가 된다.

④ 손님이 집기 쉽도록 (종업원이 진열하기 쉽기도 하다) 상품 높이의 느낌을 보고, 위쪽 선반과 상품 사이에 손가락이 들어갈 만큼만 틈새를 두도록 한다.

⑤ 진열대 전체 색상이 조화를 이루고 깨끗하게 보이도록 한다.

⑥ 같은 선반에 진열하는 상품은 높이가 그다지 차이 나지 않도록 하면 깨끗해 보인다.

⑦ 위쪽 선반과의 사이가 너무 많이 비거나 진열된 상품 사이가 너무 넓으면 선반 벽이 보여서 상품 양이 적어 보인다.

⑧ 너무 빈틈없이 진열되어 있으면 손님은 왠지 모르게 그 질서를 무너뜨리면 안 될 것 같은 느낌을 받는다. 따라서 가장 앞에 진열된 상품을 의도적으로 한

두 개 빼놓으면(이것을 Break—Up 진열이라고 한다) 손님이 손을 뻗기 쉽다.

'전진진열'은 대부분의 가게에서 활용하는 진열 방법이다. 이 특징을 잘 파악해서 상품을 보기 좋게 진열하자.

▣ Break-Up 진열로 저항감을 줄이자

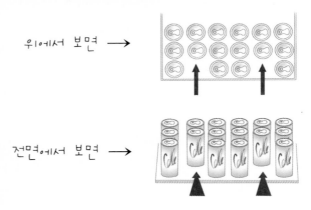

위에서 보면 ⟶

전면에서 보면 ⟶

8. '먼저 들여온 상품 앞에 진열하기' or '나중에 들여온 상품 앞에 진열하기'

식료품 등은 먼저 들여온 상품을 앞에, 나중에 들여온 것을 뒤에 진열해야 한다.

이는 오픈 진열대나 오픈 케이스를 사용할 때 상품의 신선도를 고려한 진열 방법이다. 손님이 바로 눈앞의 상품을 많이 집는다는 경험에서 나온 것으로, 먼저 들여 놓은 상품이 신선도가 떨어져서 불량 재고가 되지 않도록 빨리 팔기 위한 진열 방법이기도 하다. 이를 '먼저 들여온 상품 앞에 진열하기' 라고 부른다.

단 시간이 지나면 신선도가 떨어져서 맛이 변하는 식품 등은 손님 관점에서 본다면 나중에 구입한 새 상품을 진열대 앞에 진열해 주기를 원한다. 먼저 구입한 상품은 비록 짧은 시간이기는 하지만 오래된 상품이기 때문이다. 즉 '나중에 들여온 상품 앞에 진열하기' 가 손님을 위해서는 좋다. 물론 이 방법을 택하면 가게는 먼저 구입한 상품이 팔리지 않고 남아서 손해를 볼 확률이 높아진다. 하지만 손님을 안심시키고 신뢰를 얻을 수 있는 길이라 생각하고 장기적인 관점에서 검토해 보자.

9. 통로나 가게 앞을 가로막는 '돌출 진열' 은 금물!

가게 앞에 왜건이나 가판대, 박스, 바구니 등을 툭 튀어나오게 놓아 두거나 가게 내부 통로에 상품을 진열해 놓으면 통로가 좁아져서 손님이 걷기 힘들 뿐 아니라 안전 면에서 봤을 때도 좋지 않다. 참고로 이 것을 '돌출 진열' 이라고 한다.

부득이 '돌출 진열' 을 해야 할 때는 가능한 정리정돈하고 청소해서 손님에게 방해가 되지 않도록 해야 한다. 특히 입구 앞에 '돌출 진열' 을 하면 당장은 세일 상품이 조금 더 팔릴지 몰라도 가게 안에 손님이 잘 들어오지 않게 되어 결국에는 손해를 본다. 또 밖에서 내부가 훤히 들여다보이는 투명 유리 스크린 매장이 가게 앞에 '돌출 진열' 을 하면 안이 잘 보이지 않게 되어 좋지 않다.

단 충분히 넓은 통로 중앙에 물건을 진열하는 '아일랜드 디스플레이(Island Display)'나 왜건 혹은 가판대 위에 상품을 늘어놓은 '점블 디스플레이(Jumble Display)'는 효과적이다.

또 곤돌라 모양의 진열대 일부를 기구를 사용해서 돌출시키는 진열(매장 밖에서 관련 상품을 판매하기 위한 소형 바구니 모양의 진열기구인 스트레치 아웃터Stretch Outer가 있다)도 나쁘지 않다. 또 곤돌라 모양의 진열대나 쇼 케이스에서 통로 쪽으로 돌출되게 진열하는 '푸시 아웃(Push Out) 디스플레이'도 좋다.

다시 말해 똑같이 돌출되더라도 손님에게 방해가 되지 않으면서 가게 진열에 변화를 줄 수 있다면 좋은 진열이고, 아무리 봐도 손님에게 방해만 되는 진열은 나쁜 진열인 것이다.

▣ 점블 디스플레이와 푸시 아웃 디스플레이

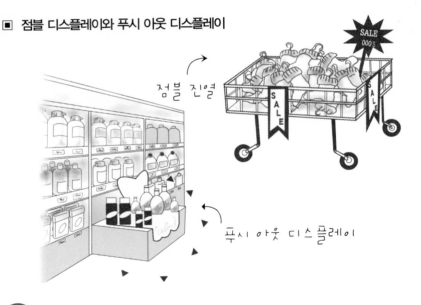

참고로 진열 비용이 들지 않는 할인 판매점 등의 진열 방법에는 ① 패키지 진열(상품 패키지에 약간의 변화를 주어서 그대로 진열하는 방법), ② 카트 진열(상품이 들어 있는 박스 일부를 연 상태로 진열하는 방법), ③ 팔레트 진열(상품을 운반하는 짐받이나 팔레트를 그대로 사용해서 진열하는 방법) 등이 있다.

10. 상품의 색, 사이즈 등으로 통일감 있는 배열을 만들자

진열대나 케이스, 랙 등에 상품을 아름답고 기분 좋은 배색으로 진열하면 손님의 눈길을 끌 수 있을 뿐 아니라 강한 인상을 줄 수 있다는 장점이 있다. 또 질서 정연하게 진열된 색채는 손님도 기억하기 쉽다고 한다.

이러한 진열의 기본적인 방법에는 다음과 같은 것이 있다. ① 왼쪽에서 오른쪽을 밝은 색에서 어두운 색으로 컬러 그라데이션한다, ② 밝은 색, 중간색, 어두운 색 순으로 반복되게 진열한다, ③ 난색 계열, 한색 계열, 중간색 계열 순으로 진열한다 등이다. 이것을 비주얼 머천다이징(Visual Merchandising. 시각적 효과를 노린 상품판매정책, VMD_역주) 세계에서는 컬러라이제이션(Colorization. 질서 있는 색체 배열)이라고 부른다.

또 사이즈로도 통일감을 연출해야 한다. 상품을 사이즈별로 배열해서 손님에게 사이즈 컨셉을 명쾌하게 설명해 주어야 하기 때문이다. 기본적인 방법으로는 왼쪽에서 오른쪽 순으로 작은 사이즈, 중간 사이즈, 큰 사이즈를 배열하는 것이다. 이를 VMD세계에서는 사이즈라이제이션(사이즈에 따른 질서 있는 배열)이라고 부른다.

또 이 외에 매장에서 볼 수 있는 배열 방법으로는 ① 가격별(프라이스 별), ② 브랜드별, ③ 패션 디자인(스타일)별, ④ 모양(패턴)별, ⑤ 소재별, ⑥ 기호별 등이 있다.

요컨대, 손님이 보기 쉽고 고르기 쉽도록 매장 전체의 분류 컨셉을 통일시키자.

11. 손님이 '와!' 하고 감탄할 만한 가게를 연출하려면?

쾌적하고 상쾌한 가게는 쇼 케이스나 진열대, 왜건 등의 디자인이 심플하고 수도 적다. 하지만 즐겁고 재미있는 가게를 만들고 싶다면 이것만으로는 부족하다. 캐릭터나 팬시상품, 생활용품, 향수를 느끼게 하는 레트로(Retro) 상품 등으로 신나고 유쾌한 양념을 쳐서 그런 분위기를 연출해야 한다.

또 어떤 손님은 시장이나 노점상 느낌의 분위기로 즐거움과 재미를 주는 가게를 원하기도 한다. 이럴 때는 어떻게 해야 할까? 진열용 선반 이외의 것을 사용해서 손님이 '와~' 하고 감탄할 수 있는 즐거움과 재미를 선사해야 한다.

예를 들어 서양식 가정용 소파나 의자, 테이블, 책상, 책장, 수납상자 등의 가구, 당구대나 탁구대, 카누 등의 각종 스포츠 용품, 첼로나 피아노 등의 대형 악기, 자동차, 정원용 벤치와 테이블, 스툴, 덩굴이나 대나무, 목재 바구니나 짐 운반용 차, 수입목재 상자, 골판지 상자, 공장 등에서 쓰는 손수레 같은 운반용 도구나 드럼통, 새로운 목재, 폐목재를 비롯한 건축 자재나 도구, 양동이, 휴지통 등의 다양한 가정용 용기, 학용품, 케이스나 기타 사무용품 등 일반적으로 우리 주변에 있는 모든 물건이 진열용으로 쓰일 수 있다고 해도 과언이 아니다.

아울러 굳이 덧붙이자면 새로운 것보다는 향수를 느끼게 하는 레트로나 앤틱 용품이 손님에게 즐거움과 재미를 안겨 준다.

또 상품을 와이어, 로프, 끈 등으로 매달거나 그물에 넣어 늘어뜨리거나 대나무 장대 혹은 나무, 스틸 막대, 파이프 등에 걸거나, 맨바닥이나 양탄자, 매트 등에 그냥 놓으면 손님에게 생각지도 못한 신선함을 줄 수 있다.

▣ 테이블을 사용한 연출

12. 일용품은 손님 가까이에, 고급품은 조금 멀리

사람은 보통 멀리 있는 상품은 고급스러운 것, 가까이 있는 상품은 보통 혹은 친숙한 것이라고 생각한다.

따라서 손님에게 친숙함이나 보통 혹은 보통 이하의 상품이라는 느낌을 주고 싶으면 가능한 한 손님이 보기 쉽고 집기 쉽도록 가까이에 진열하자. 반면에 상당히 비싼 고급품을 오픈 선반이나 케이스 선반에 진열하면 정말 고가품이라도 싸게 보여서 이미지가 나빠지고 만다.

참고로 초고급품을 취급하는 가게의 내부 인테리어는 같은 오픈 진열이라고 해도 구미에서처럼 벽면을 오목하게 해서 니치(Niche. 서양 건축에서 꽃병, 액자 등을 장식하기 위해 벽면을 오목하게 판 장치)를 설치하고, 그 주위에 테두리를 달도록 한다. 이렇게 하면 가게 전체에 중후하고 호화로운 이미지를 연출할 수 있다.

요컨대 창문이나 투명 유리 스크린이 달린 가게는 진열할 때 판매상품이 일용품이라면 가능한 손님 가까이에 있을 수 있도록 유리 근처에, 고급품은 조금 먼 곳에 두자. 그러면 손님이 받는 이미지가 변한다. 이는 유리 케이스 등도 마찬가지다.

또 투명 유리를 통해 보면 유리 빛이 반사되어 상품이 반짝거리기 때문에 그만큼 더 고급스러워 보인다.

13. 상품의 매력을 손님에게 어필할 수 있는 라이트업의 비결

어떻게 하면 손님에게 진열된 상품을 매력적으로 보이게 할 수 있을까? 이 문제에서는 조명이 중요하다.

어떤 상품이라도 가장 자연스러운 느낌을 주는 것은 태양광선이다. 따라서 가게 내부의 인공조명도 가능한 태양광선에 가까운 것으로 해야 한다.

그런 면에서 볼 때 형광등은 자연광 계열의 것도 차가운 느낌이 강하고 빛도 그림자를 만들지 않는 확산광이기 때문에 너무 평면적이다. 따라서 상품의 광택이나 반짝거림을 제대로 표현하지 못한다. 빛의 색상도 청록 계열이어서 난색 계열의 상품은 칙칙하고 빛바래 보이며, 손님 피부색은 푸르스름하니 아픈 것처럼 만들어 버린다. 따라서 상품을 매력적으로 보이게 하려면 난색의 빛을 내는 백열 계열의 스포트라이트 등으로 보완하자.

조금 전문적으로 말하자면 광원의 광색을 나타내는 척도에 색온도(단위는 켈빈Kelvin=K)라는 것이 있는데, 빛은 촛불의 불꽃(1,900K)처럼 낮은 온도일 때 붉은색으로 보이고, 가스 불꽃처럼 온도가 높으면 청색이나 청백색으로 보인다. 날씨 좋은 날 태양광선의 온도는 12,000K, 해가 저물 때는 1,850K 정도라고 하며, 형광등은 자연광 계열이 6,500K, 자연전구(100V, 100W)인 백열등은 2,800K 정도라고 한다.

따라서 적색 계통의 상품이 많은 진열대는 색온도가 2,500～3,000K인 백열 계열, 청색이나 녹색 계통의 상품이 많은 진열대는 4,000～6,500K의 형광등 불빛을 비추는 등 알맞은 색온도의 조명을 사용해서 상품의 매력을 손님에게 어필해야 한다.

예를 들어 육류 등은 적색 계열이 강하면 신선하고 맛있어 보이므로 난색 계열의 빛을 내는 백열구(혹은 적외선구)를 사용해야 한다. 또 생선도 눈이나 비늘 등이 팔딱팔딱 신선하게 보이도록 백열구를 사용해야 한다. 하지만 표피가 청색 느낌이 강한 생선은 푸른색 계열의 빛이 더 신선하게 보이게 한다. 또 보석이나 액세서리는 색과 반짝거림이 더욱 강조되는 크립톤(Krypton)구를 스포트라이트로 사용하면 좋다.

요즘에는 태양의 직사광처럼 따뜻한 빛을 내서 요리를 더 맛있게 보이게 하는 램프나, 화장품 매장에서 손님 얼굴색이 좋아 보이게 하는 뷰티램프 등도 개발되었다.

14. 손님의 주문이 저절로 많아지는 쇼 케이스는?

대형 쇼 케이스는 일반적으로 손님이 보기 편하고 구입을 결정하기 쉬운 위치가 있다. 이는 세로로 진열된 상품의 밑에서부터 3분의 1, 가로로 진열된 상품의 왼쪽에서부터 3분의 1, 즉 가로, 세로 어느 쪽으로 봤을 때도 전체의 3분의 1 지점이다. 따라서 이 위치에 팔고 싶은 상품을 놓아야 한다.

참고로 음식점에서도 가장 자신 있는 요리 샘플을 이 위치에 두면 저절로 주문량이 많아진다고 한다. 그래서 이 지점을 핫 포인트(Hot Point)라고 부른다.

또 사물 높이의 3배 정도 떨어진 곳에서 보면 그 전체가 확실히 보인다. 가게 내부 조명도 3등분해서 변화를 주어야 한다는 점은 앞에서도 설명했다. 보통 많은 사람들 앞에서 이야기할 때 앞에서 3분의 1 지점을 보면서 이야기하면 전체를 보고 있는 것처럼 여겨진다고 하는데 이 또한 같은 원리 때문이다. 이 외에도 사진을 찍을 때 초점을 맞추는 위치도 앞에서 3분의 1 지점이 좋고, 물건을 고르게 할 때 세 종류를 제시하면 그중 하나를 고르기 쉬워진다. 이렇듯 3분의 1은 무언가 감각적인 것을 결정할 때 사용할 수 있는 분할 방법이다.

◼ 쇼케이스 3분의 1 지점이 핫 포인트

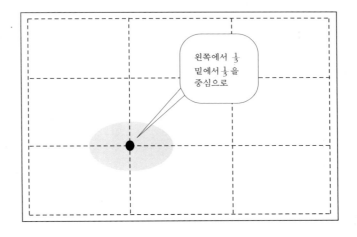

잘나가는 가게 노하우 151가지

✓ 연출, 디스플레이를 잘하려면?
1. 가게 내부 연출에 꼭 필요한 구성, 구도의 기본적인 의미는?

여러 사물이 아름답게 구성되어 있거나 구도가 잘 짜여 있으면 사람은 보기 쉽다고 느끼고 그곳에 눈길을 멈춘다.

여기서 말하는 구성이란 각 부분을 모아서 전체를 조합하는 것, 두 개 이상의 사물을 배치해서 의도적으로 정리된 느낌을 만드는 것으로, 구성이 아름다울 때 '구성미가 있다'고 말한다.

반면에 구도는 일정한 틀(frame) 안에 구성배치된 것을 평면적인 도형으로 만든 것으로, 구성보다 좁은 의미로 사용된다.

따라서 상품진열에는 구성은 있지만 구도는 없다. 또 상품을 스테이지(Visual Presentation=VP)나 진열대 위에 구성(진열)하면 전시구성이 된다. 창문 느낌이 나는 곳이나 창, 가게 내부 벽면, 혹은 기둥 등 어떤 형태로든 뒤에 건물 벽이 있는 곳 앞에 상품을 전시하면 그 벽이 테두리 역할을 하게 된다. 따라서 그 안에서 얼마나 구도를 잘 짜느냐, 손님에게 아름답게 보이도록 하느냐가 중요해진다.

2. 아름다움을 만들어 내는 구도 잡는 방법

구성이든, 구도든 아름답게 보이지 않으면 손님의 시선을 끌 수 없다.

상품 전시에서 구성이나 구도를 잡는 방법에는 가장 대표적인 삼각형형(다음 항 참조)을 비롯해 직립형(수직형), 수평형, 직립과 수평을 합친 격자형, 번개형, 병렬형, 방사형, 소용돌이형 등이 있고, 이것들을 재배열하거나 조합하면 수없이 많은 방법이 만들어진다.

판매하는 상품이나 연출할 장소가 다 다르기 때문에 이 중에서 어느 방법이 가장 좋다고는 말할 수 없다. 중요한 것은 손님에게 얼마나 아름답게 보이고 상품과 가게의 이미지를 잘 어필할 수 있느냐이다.

또 같은 사이즈의 상품을 사용해서 구도를 잡는 방식과 중심이 되는 주요한 상품을 사용해서 구도를 짜는 방법이 있다. 여기에서는 상품연출 시 흔히 사용하는 간단한 방법을 소개하겠다.

(1) 5대 5 구도

일정한 장소(스페이스)의 상하좌우를 10이라고 했을 때, 5대 5 비율로 분할선을 정하고 여기에 중요한 것을 배치하는 방법이다. 좌우대칭구도(시미트리Symmetry 구도)라고 한다. 당연하다고 하면 당연하겠지만 이 구도는 정적이고 안정적이다. 하지만 구도에 변화가 없어 심심하고 의식(儀式)적인 느낌이 강해서 보는 사람을 긴장시킨다는 단점이 있다.

(2) 7대 3 구도

장소를 7대 3의 비율로 나눈 후 여기에 중요한 것을 배치하는 비대칭 방법이다. 5대 5 구도에 비하면 약간 변화가 있어서 보기 좋은 구도다.

(3) 3분의 1 교차점 구도

공간을 가로, 세로 각각 3분의 1씩 분할선을 상정한 다음 각 선이 교차하는 네 개의 교차점에 가장 중요한 것을 배치하는 방법이다. 이 네 교차점을 잘 활용하면 7대 3 구도보다 훨씬 다양한 구도를 짤 수 있다.

◼ **왼쪽에서 3분의 1**   ◼ **밑에서 7분의 3을 중심으로**

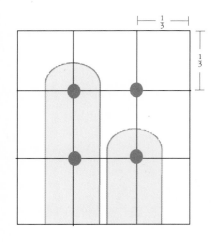
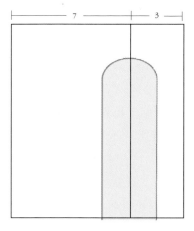

3. 상품 전시의 기본 구성인 '삼각형 구성'으로 잘 짜인 느낌을 연출하자

삼각형으로 보이는 것은 사람에게 잘 짜인 인상을 줄 뿐 아니라 안정감이나 입체감도 느끼게 한다. 따라서 삼각형 구성은 상품 전시의 대표적인 구성(구도) 방법이라 할 수 있다. 이는 상품을 대, 중, 소의 세 그룹으로 분류한 뒤 삼각형이 되도록 만드는 것으로, 구성한 것을 정

■ 어디서 봐도 삼각형이 된다

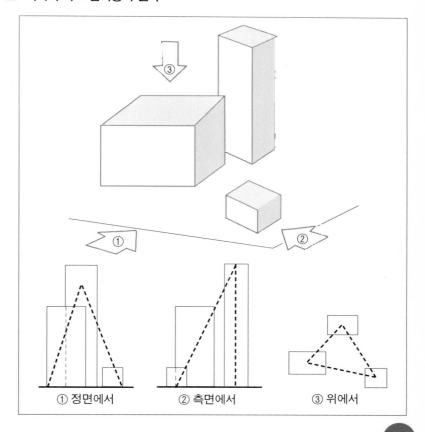

① 정면에서   ② 측면에서   ③ 위에서

면, 측면, 윗면에서 봐도 삼각형이 되도록 배치해야 한다. 또 일반적인 구도를 잡는 방법으로는 정면에서 본 높이나 그룹의 볼륨감 순서로 7, 5, 3의 비율이 되도록 하면 잘 짜인 느낌이 난다.

이 삼각형 구성의 어려운 점은 산이나 나무, 지붕처럼 원래 삼각형인데 그냥 보기에는 삼각형으로 보이지 않는다는 것이다. 사실 상품 구성을 할 때 세 개 이상의 물건(상품과 연출소도구)을 배치해서 삼각형 모양을 잡는 세 점과 그것을 연결하는 세 선은 어디까지나 가공의 선이다. 따라서 이를 잘 짜려면 물건이나 공간의 본질을 추상적, 직감적으로 볼 수 있는 어느 정도의 기초적 조형 훈련이 필요하다.

4. 다른 형태, 다른 색상을 조합해서 강한 인상을 주자

사각이나 원처럼 같은 형태끼리, 직선이나 곡선끼리, 혹은 농담(濃淡)만 다른 같은 색상끼리 등 똑같은 느낌을 주는 것으로만 구성하면 조화를 이룰 수 있다. 하지만 단순한 느낌이 들어서 손님에게 깊은 인상을 줄 수는 없다. 따라서 사각에 원을, 직선에 곡선을, 따뜻한 색에 차가운 색을 악센트 칼라로 조합하는 등 여러 방법을 생각해야 한다. 다른 성질의 것을 잘만 조합하면 손님의 마음에 깊게 각인될 수 있기 때문이다.

단 제대로 못하면 균형미도 없고 아름답지도 않아 안 하느니만 못한 구성이 될 수도 있으니 감각을 키우는 훈련부터 하자.

참고로 일본요리에서는 형태나 선의 조합으로 생겨나는 아름다움을 '직호(直弧)의 미'라고 한다. 사각의 직선 그릇에는 둥그런 느낌의 곡선형 요리를 담고, 원형 그릇에는 직선적인 느낌의 요리를 담아 미를 창출하는 것이다. 전시연출에서도 사각 상품과 원형 상품을 잘 구성하면 언뜻 보기에는 균형 없어 보여도 전체적으로 보면 '파조(破調)의 미'가 느껴진다. 이 외에도 두 가지 형태나 선, 색체로 잘 짜인 구성은 그 자체가 멋진 전시가 된다.

■ 런천 매트(luncheon Mat. 식사 할 때 끼는 일인용 식탁보_역주)와 그릇의 관계도 '직호의 미'

5. 손님의 시선을 끄는 누적전시법의 비결

성질이 유사한 것끼리 혹은 비슷한 상품이 한곳에 모여 있으면 눈에 잘 띄고 하나로 인식되기 쉽다. 따라서 상품을 전시할 때는 산처럼 쌓아 올리거나 이것저것 같이 모아 무리를 만드는(그루핑을 하면) 방법을 써서 손님이 눈을 사로잡자.

그루핑에는 발매 상품이나 신상품 등의 단품을 모아 놓는 방법, 색상별, 소재별, 브랜드별로 모아 놓는 방법, 연중행사상품별로 모아 놓는 방법, 패션제품의 경우는 모든 관련 상품을 모아 놓는 방법 등이 있다. 상품디스플레이에서는 누적 전시법(Grouping)을 '분류 전시법(Assortment Display)' 혹은 '집적 전시법(Accumulation Display)'이라고 한다.

사람은 형태(디자인, 스타일), 크기(사이즈), 색채, 소재(재료), 기능, 상품명(브랜드), 감각이나 기호 등이 비슷한 것끼리 모여 있으면 그것을 하나로 인식하는 경향이 있다. 따라서 이것들을 잘 연구해서 가게 내부를 구성하는 데 참고로 하면 좋다.

6. '엇갈린 진열', '갈지자 진열', '가마니 쌓기 진열' 등으로 상품 배치에 입체감을 연출하자

사람은 한꺼번에 많은 물건을 볼 때 평면적으로 진열되어 있는 것보다 입체적으로 진열되어 있는 것에 더 강하게 끌리는데, 이런 점을 고려한 방법 중 하나가 바로 '계단식 진열'이다. 앞에서 설명한 삼각형 구성을 하면 자연스럽게 '계단식'이 되는데, 이러한 진열로 입체감 있게 전시되어 있으면 구성 전체는 물론 각각의 상품을 쉽게 파악할 수 있다. 졸업식이나 단체여행 기념촬영을 봐도 이런 구성을 잘 알 수 있다.

또 사람은 깨끗하게 정리 정돈된 상품진열에서 아름다움을 느끼는데, 여기에 입체감까지 있으면 더욱 강하게 끌린다.

진열된 상품에 입체감을 연출하려면 어떻게 해야 좋을까? 바로 상품을 교대로 진열하면 된다. 여기서 말하는 교대란 두 가지 상품 사이에 하나의 상품이 배치된 것으로 서로 엇갈리게 배열하는 것이다. 이를 예전에는 '갈지자 진열'이라 불렀고, 이것을 쌓아 올린 것을 일컬어 '가마니 쌓기 진열'이라고 했다.

이러한 진열의 최소 단위는 삼각구성의 3, 즉 세 가지 상품이고, 이것을 조금 확장시키면 주사위의 5, 즉 다섯 가지 상품이 된다.

또 엇갈리게 진열했을 때 앞에 진열된 상품과 뒤에 진열된 상품의 일부분이 겹쳐지게 하면 앞에 있는 상품이 가깝게 보여 원근감과 입체감을 살릴 수 있다.

▣ 서로 엇갈리게 진열하면 강한 인상을 준다

7. 이야기가 있는 연출로 미관에 호소하자

사람의 미관, 즉 아름다운 사물에 대해 느끼는 감각이나 감정은 태어날 때부터 유전자(DNA) 속에 포함되어 있다고 한다. 이 아름다움에 대한 감각을 크게 나누어 보면 여러 가지 것을 더해 가는 '장식적(Decorative) 아름다움' 과 필요 없는 것을 빼 가는 '단순(Simple)한 아름다움' 이 있다.

가게에 전시를 할 때도 이 두 가지 중 한 가지 아름다움을 연출해야 한다. 요즘은 전체적으로는 심플하면서 그중 일부분만 장식적인 아름다움을 추구하며 조화와 균형을 이루는 것이 대세다. 예를 들어 심플한 가게 내부에 장식적인 아름다움을 위해 화려한 화초를 꽃꽂이하는 것 등이다.

또 사람은 경험의 동물이기 때문에 무언가를 보면 그때까지의 경험지식(경험지)과 그 경험으로 만들어진 사물을 바라볼 때의 시점을 결정하는 경험법칙(경험측)을 토대로 연상한다. 한편 사람은 '유래' 나 '이야기' 를 좋아한다. 따라서 전시연출을 할 때 그 상품을 사용했을 때의 라이프스타일이나 행복한 생활 모습 등을 연상하도록 하는 장면, 혹은 상품의 내용(콘텐츠)이라고도 할 수 있는 소재나 공정(工程) 등의 역사와 관련된 장면으로 마치 손님에게 말을 거는 듯한 풍경을 연출하자. 그러면 손님의 눈을 끌 수 있고 고객의 기억 속에 강하게 남는다.

예를 들어 정월이나 칠석, 크리스마스 등의 연중행사를 축하하는 장면이나 스포츠를 즐기고 있는 광경, 사무실 풍경, 역사적인 한 장면, 수입품이라면 상품이 입하되는 모습 등 상품에 따라 여러 가지 방법이 있다.

▣ 사람의 눈을 끌려면 스토리를 만들어야 한다

8. '홍일점' 연출과 그 효과

사람들은 파란 나뭇잎들 속에 한 송이 빨간 장미가 있으면 그것에 관심을 기울인다. 이렇게 주위와 다른 색상, 주위보다 눈에 띄게 큰 것, 특이한 형태의 것, 자기주장을 강하게 느낄 수 있는 것에 자연스럽게 눈이 가듯, 주변과 다른 것은 주의해서 보기 마련이다.

따라서 전시연출에서도 무언가 특별히 보이고자 하는 것이 있으면 주위와 다른 색상으로 하거나 다른 형태의 것, 주위와 확실히 구별될 정도의 큰 것을 활용하면 된다. 단 여기에는 부작용도 있다. 아름답게 전시되어 있는 전시상품 중에 약간 흐트러지거나 균형을 이루지 못하는 부분이 있으면 그것이 손님의 눈을 끌어 나쁜 인상을 주기 때문이다.

또 무대조명처럼 배경을 어둡게 하고 그 앞에 놓인 상품에 조명을 비추면 100% 눈에 띄고, 일반적으로 어두운 색이나 검은색 배경 앞에 상품을 두면 눈에 더 잘 띈다. 검은색은 초밥그릇이나 찬합 등에 잘 사용되는데, 검은색에 다른 색을 빛나게 하는 성질이 있기 때문이다. 바로 이 효과 때문에 상품을 검은색 앞이나 위에 진열하면 눈에 잘 띄는 것이다.

9. 사람은 움직이는 것에 눈이 간다. 움직이는 상품 연출을 하려면?

사람은 움직이는 것, 혹은 움직이는 듯 보이는 것에 눈이 간다.

전시상품을 움직이게 하려면 물이나 바람, 모터 등을 이용하거나 턴테이블 같은 기구에 올려놓는 방법이 있다.

실제로는 움직이지 않는데 마치 움직이는 듯 느끼게 하는 방법도 있다. 앞의 진열 편에서도 설명했듯이 형태나 색상을 그라데이션이나 상호반복 구성으로 리듬감 있게 연출하면 움직이는 것처럼 보인다.

이 외에도 전시상품을 끈 등으로 가로나 비스듬히, 혹은 거꾸로 매달아 놓거나, 네모난 상품을 비스듬히 배치하면 움직이는 것처럼 보이듯 상품 일부를 바닥에서 약간 끌어올리거나 떨어뜨려 놓으면 움직이는 느낌을 낼 수 있다. 예를 들어 신발 발끝이나 뒤꿈치를 핀 등으로 바닥에서 끌어 올리는 것처럼 말이다.

또 언뜻 보기에 불안정한 느낌을 주도록 전시 공간 위쪽에 큰 사물이나 볼륨 있는 것을 놓고 아래쪽에 작은 것이나 볼륨이 없는 것을 놓으면 움직이는 이미지를 줄 수 있다.

이는 구성으로 말하자면 상부에 크고 넓은 구성물, 하부에 작고 좁은 구성물을 놓는, 즉 역삼각형 구성이 된다. 그리고 색채구성으로 말하자면 하부에서 상부 쪽으로 어두운 색에서 밝은 색으로 사용하면 안정감 있는 구성이 되지만, 반대로 어두운 색을 위에 두고 밝은 색을 아래에 배치하면 움직이는 느낌이 난다. 또 깨끗하게 정돈된 전시상품 사이에 의도적으로 다른 방향을 향한 물건을 끼워 구성하면 전시상품이 조금 움직이는 것처럼 보인다.

이러한 전시연출은 의례 등의 형식적인 상품에는 적합하지 않지만, 운동이나 놀 때 사용하는 캐주얼한 상품에는 적합하다.

▣ 조금 띄워서 '움직임'을 만든다

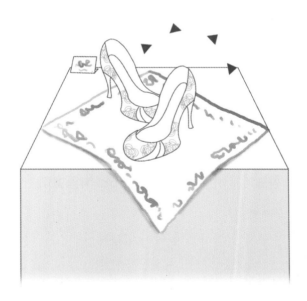

10. 상품을 고급스러워 보이게 하는 여백 활용 방법

사람은 주위에 아무것도 없는데 홀로 놓여 있는 사물에 눈이 끌리게 되어 있다. 또 넓은 장소에 물건 하나만 덩그러니 놓여 있으면 자기도 모르게 눈이 가기 마련이다. 하지만 주위에 다른 물건이 가득하면 아무리 특이해도 그다지 눈에 띄지 않는다.

음악이나 말의 '간격', 평면의 '여백'이 여기에 해당한다.

또 전시연출에서는 상품과 상품, 상품과 배경, 각각의 소도구의 간격, 혹은 상품군과 상품군과의 간격을 의미하며, 이것을 '스페이싱(Spacing)'이라고 한다. 스페이싱이 넓으면 그 물건은 안정되고 고급스럽게 보이며, 좁고 번잡스러우면 약간 저렴하게 보인다.

참고로 상품과 스페이싱의 비율이 3대 7, 2대 8 정도면 상품이 눈에 잘 띄고 안정되어 보이는 반면, 이 비율이 반대가 되면 인상도 약해지고 다소 싸게 보인다. 요정이나 고급 레스토랑에서 넓은 그릇에 작게 담겨 나오는 요리를 봤을 때와 집에서 조그만 그릇에 가득 담겨 나오는 요리를 봤을 때의 느낌 차이라고도 할 수 있다. 물론 넓은 스페이싱이 다는 아니다. 어디까지나 상품과 스페이싱의 절묘한 조화가 중요하다.

11. 상품을 돋보이게 하는 '테두리 효과'와 '후광 효과'

사람에게는 테두리(frame) 안에 있는 사물에 자기도 모르게 눈이 가고, 그 사물을 쉽게 인식하는 습성이 있는데, 이것을 '테두리 효과'라고 부른다.

예를 들어 사진이나 그림 등에 테두리가 있으면 그 안의 것이 특별히 더 잘 보이고, 신문이나 잡지도 독자들이 주목했으면 하는 기사에는 괘선으로 테두리를 친다. 가게 창도 건물 주위가 테두리 역할을 하기 때문에 창 안에 장식되어 있는 것에 거리를 지나는 사람의 눈이 자연스럽게 가는 것이다. 전시연출에서도 이 테두리 효과를 이용하면 다른 상품보다 주목받을 확률을 높일 수 있다.

'테두리 효과'와 비슷한 효과를 내는 것으로는 '후광 효과'가 있다. 신이나 부처님, 성자 등의 그림이나 조각상 뒤에 광선이나 도넛 형태의 배경을 그리거나 붙여서 그 앞에 있는 사물을 돋보이게 하는 것이다.

이 이외에도 상품을 부채의 사북처럼 방사선형의 배경 밑부분에 두거나 활이나 사격의 과녁처럼 동심원으로 된 배경 중앙에 놓거나, 모기향처럼 소용돌이(평면나선)치는 배경 중앙에 두면 그 상품이 더 눈에 띈다.

또 이런 방법보다 효과는 좀 약하지만, 뒤에 평면적인 배경을 두어서 앞에 있는 사물을 눈에 띄게 하는 방법도 있다. 칸막이나 병풍 등이 뒤에 있으면 앞에 있는 물건이 눈에 잘 띄는 것처럼 말이다. 결혼식이나 파티에서 병풍이나 칸막이(파티션) 앞에 사람이 서면 주위 사람들보다 잘 보이는 것도 바로 이 원리 때문이다. 또 서양에서 난로(Mantelpiece) 앞은 주로 주객이 앉는 위치이다. 주위와 구분 짓는 배경이 있어서 의도하지 않아도 자연스럽게 주목받는 자리이기 때문이다. 이것을 '칸막이 효과(파티션 효과)' 혹은 '병풍효과'라고 한다.

전시연출을 할 때 상품 뒤에 전시용 벽(Panel)을 세우거나 천을 늘어뜨리거나, 혹은 롤 블라인드와 같은 것을 걸거나, 종이 벽을 세우면 그것만으로도 '칸막이 효과'를 낼 수 있다.

또 약간 위에서 비스듬히 봤을 때 상품 아래에 깔개가 있으면, 그것

이 배경역할을 해서 '칸막이 효과'를 낸다. 예를 들어 서양의 센터 러그(Center rug)라 불리는 깔개 위에 놓인 가구는 더 눈에 띈다. 또 요리를 차릴 때 사용되는 쟁반이나 런천매트 위에 있는 식기와 요리가 깨끗하고 더 맛있어 보이는 것도 바로 이 '칸막이 효과' 때문이다.

'테두리 효과'보다 효과는 약하지만, 사물의 위 공간을 막으면 아래 있는 사물이 눈에 띈다.

풍경화(풍경사진)에는 '절지화(折枝畵)'라는 것이 있는데, 화선지(사진) 위쪽에 늘어진 나무 가지 등을 그리고 그 밑에 중경(中景)이나 원경(遠景)을 그리는 방법으로, 화면에 짜임새를 주는 구도기법이다. 이는 터널 형태(아치 형)를 만들어서 아래에 있는 경치를 더 잘 보이게 하는 효과를 내는 것이다.

이를 활용해 전시연출에서는 연출상품의 윗부분을 차양이나 천막(캐노피), 아치 형 조형물로 싸서 손님의 눈을 끌 수 있다.

12. 전시진열로 손님을 가게 안쪽으로 유도하자

가게 안쪽에 손님을 유도하는 방법이 가게 내부 전시다. 입구 바로 앞 주요한 전시장소에서 가게 안쪽으로 손님의 흥미를 끌어 유도하려면 적어도 150~180cm 정도 간격에 하나씩 만들어야 한다.

이런 상품 전시는 손님을 자석처럼 끌어들인다는 의미에서 전시진열(Magnet)이라고 불린다. 상업 시설 건축에서는 사람을 끌어들이는 방법으로 통로에 커브를 두어서 물건이 보였다 안 보였다 하게 만들어 안쪽으로 유도하는 방법이 있는데, 이 전시진열도 이러한 '연쇄 효과'를 노린 것이라고 할 수 있다. 물론 이 방법은 손님을 안으로 유도할 뿐 아니라 넓은 가게의 경우 손님이 가게 안을 걷는 즐거움을 느끼도록 해서 가게 이미지나 분위기의 매력을 더욱 강화하는 역할도 한다.

또 사람은 특별한 목적 없이 통로를 걸을 때에는 뱀처럼 여기저기 어슬렁어슬렁하는 행동을 하게 된다. 따라서 진열대나 행거랙(Hangerlac)가 늘어선 통로 양쪽에 서로 엇갈리게 전시진열을 해야 한다. 통로를 걷는 손님이 질리지 않도록 즐거움과 재미를 느낄 수 있는 매력적인 장소를 만들어야 함은 두말할 필요도 없다.

일반적인 전시진열 장소는 매장 통로 코너나 진열대 끝, 벽면에 있는 진열대에서는 가장 윗선반 등으로, 이런 곳에 작은 물건을 진열한다.

또 VMD 세계에서는 가게나 매장의 중심이 되는 전시연출을 비주얼 프레젠테이션(Visual Presentation, VP)이라고 부르고 상품과 상품 사이나 통로 연출을 포인트 오브 세일즈 프레젠테이션(Point of Sales Presentation, PP)이라고 부른다.

참고로 곤돌라 형 진열대 가장자리에 진열이나 전시하는 것, 의류품 행거랙 등에 걸려 있는 상품과 관련 상품을 코디네이트 한 샘플 디스

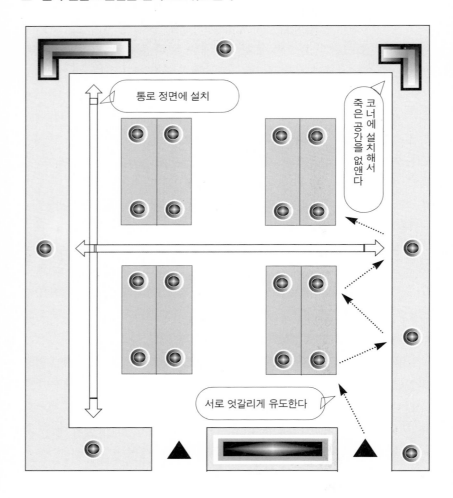

플레이 등도 이것 중 하나다. 또 슈퍼 등의 '곤돌라엔드(Gondola End. 곤돌라의 끝부분을 차지하는 공간_역주)' 는 계산대 쪽을 프론트 엔드라고 부르고 반대쪽을 백 엔드라고 부른다.

13. 전시진열된 곳은 렘브란트 라이트로 연출하자

전시진열을 한 곳은 기본조명 외에도 스포트라이트를 설치해서 연출한 장소나 상품의 특징이 밝게 보이도록 한다. 기본적인 방법은 전시 상품 비스듬히 위 쪽(30~45°)을 비스듬히 옆 쪽(30~45도) 위치인 천장에서 비추는 것이다. 이것을 반역광 조명(Rembrandt Lights. 45° 광선)라고 한다. 이 위치에서 빛을 비추면 상품에는 밝은 부분과 조금 어두운 그림자 부분이 생겨 입체감이 강조되고 질감이 높아진다.

▣ **전시 진열장에는 렘브란트 광선을**

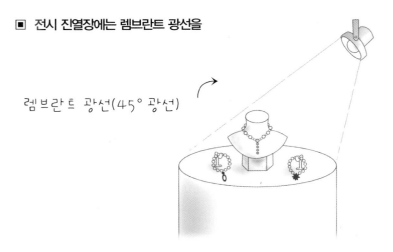

렘브란트 광선(45° 광선)

또 이 외에도 상품 밑이나 바로 위, 정면이나 옆에서 빛을 비추는 방법도 있다. 우선 상품 밑에서 비추는 각광(Foot Lights)은 무대에서 연기하는 연기자를 비추는 보조광으로는 좋지만 상품에 사용하면 물건을 볼품없게 보이도록 만든다. 또 상품 바로 위에서 빛을 비추는 톱 라이트(Top Lights)는 상품 윗부분만 밝아져서 손님에게 보이고 싶은 부분에 빛이 가지 않을 우려가 있다. 그리고 이를 사용하는 가게는 거의 없겠지만, 상품 정면에서 빛을 비추는 프론트 라이트(Front Lights)를 설치하면 상품의 입체감이 떨어져 매력이 반감되고 만다.

옆에서 비스듬히 빛을 비추는 사이드 라이트(Side Lights)도 창문 등에는 사용되지만, 이 또한 빛이 손님에게 그대로 쏟아져 눈부시기 때문에 좋지 않다.

조금 크고 특수한 조명으로는 평면 라이트(Horizon Lights)가 있는데, 이것은 무대의 배경을 밝게 비추어서 무대 안의 공간감을 연출하는 조명 방법이다.

전시연출에서는 전시회나 대형 창문 등이 사용되는데, 이 경우 배경 앞에 놓인 물건이 어둡게 보이기 때문에 보조광이 필요하다. 이렇게 하면 그곳 전체에 빛이 비추어져 부드러운 분위기를 연출할 수 있다.

이와 비슷한 조명 방법으로 투명광으로 상품의 특징을 연출하는 방법이 있다. 유리벽이나 전시대에 반투명이나 우윳빛 아크릴판, 또는 미세한 모래가루를 분사한 유리판이나 서리판 유리(투명한 판유리의 한 면을 불투명하게 가공한 제품) 등을 사용해서 여기에 빛을 비추면 부드럽고 매력적인 상품으로 보인다.

14. 테마를 강조하는 소도구는 진짜를 사용하자

전시연출에서는 손님에게 호소하는 테마, 즉 주제를 가지고 연출하는 것이 중요하다. 테마를 강조하고 돋보이게 하고 싶을 때 연출용 소도구를 사용하기도 하는데, 모든 손님이 좋아할 만한 가게 분위기를 연출하는 대표적인 소도구는 다음과 같다.

(1) 전시상품 관련 상품이나 주변 상품을 사용한다

전시상품과 함께 연출해서 라이프스타일 등을 제안한다. 전시된 상품을 사용하는 장면 등을 연출하기 위한 소도구로, 전시상품과 관련상품이나 주변상품을 함께 사용함으로써 시너지 효과를 노리는 것이다.

(2) 식물을 사용한다

식물을 싫어하는 사람은 없다. 또 요즘처럼 한치 앞도 내다볼 수 없는 불안정한 시대에는 사람들이 식물이나 아름다운 것, 기분 좋아지는 것, 건강에 좋은 것을 추구하고 관심을 가진다.

식물은 어떤 전시상품에도 잘 어울린다. 단 여기서 주의할 점은 가능한 한 진짜를 사용해야 한다는 점이다. 수지(樹脂)나 종이로 만들어진 조화는 아트플라워처럼 그 나름대로 완성도가 높은 것이라면 몰라도 싸구려를 사용하면 가게 이미지도 싸게 전락되어 버린다.

식물을 연출소도구로 쓸 때는 꽃꽂이를 비롯해 다양한 화분, 컨테이너 가든, 화병이 꽂은 꽃, 화분에 심은 관엽 식물 등을 활용한다. 그리고 좀 특수한 것으로는 호박이나 양배추, 레몬이나 밤, 커피 원두 등의 야채류나 과실류, 나무 열매 등도 있는데, 이것들도 섞이지 않도록 주의하면서 짧은 기간 동안 사용하면 재미있는 연출소도구가 된다.

식물 이외에도 자연물인 돌이나 암석, 모래, 조개껍질, 목재(그루터기, 유목流木, 명목(名木. 유서 있는 나무_역주) 등이나 크리스마스 화환으로 익숙한 담쟁이덩굴, 등나무덩굴 등 덩굴모양의 식물, 화초를 말린 드라이플라워 등 건조한 느낌의 소품도 좋은 분위기를 연출한다.

(3) 시대물이나 진짜 도구를 사용한다

향수를 자극하는 앤틱 상품이나 빈티지라 불리는 레트로 상품을 사용한다. 어느 시대에나 과거의 향수를 자극하는 물건은 연출소도구로서 손님의 눈을 끌었다.

예를 들어 앤틱한 느낌을 주는 동양식 연출소도구로는 동양식 책상, 서랍장, 이불, 서화골동품 등이 있고 서양풍 연출소도구로는 각 시대의 가구, 각종 스포츠 도구, 레저용품 등이 있다. 작은 연출소도구로는 문방구, 장난감, 모형, 가정잡화, 서적 등이 있다. 또 테마 상품과 함께 사용되는 새로 나온 각종 도구를 연출소도구로 활용해 인생의 한 장면을 연출해서 라이프스타일을 제안하는 방법도 있다.

(4) 다른 느낌의 도구를 사용한다.

테마상품과 전혀 관계없는, 절대 관계가 있을 수 없는 도구를 활용해서 손님의 상식을 깨거나 충격을 주어서 전시연출의 이미지를 강하게 만드는 방법이다.

예를 들어 테마 상품이 우리가 살아가는 데 필요한 의식주와 관련된 일반가정용품이라면 연출소도구로 공업기계나 교통표지판, 의료기기, 전문공구, 건축 자재 등과 같은 것을 사용하는 것이다. 테마상품을 진열할 때도 공중에 뜨게 만들거나, 거꾸로 매달거나, 벽이나 마루, 금속, 유리판에서 반 정도 뛰어나오게 하거나, 금색이나 은색으로 칠하는 등 상식을 깨는 세계를 연출하도록 한다.

(5) 행사나 계절에 따라 쓰이는 도구를 사용한다.

일반적으로 곧잘 사용되는 방법이다. 손님의 생활 습관으로 정착된 크리스마스와 같은 연중행사나 입학식과 같은 인생의 통과의례 때 쓰이는 도구 종류를 테마 상품의 이미지를 강조하는 연출 소도구로 사용하는 것이다.

▣ 연출은 진짜로

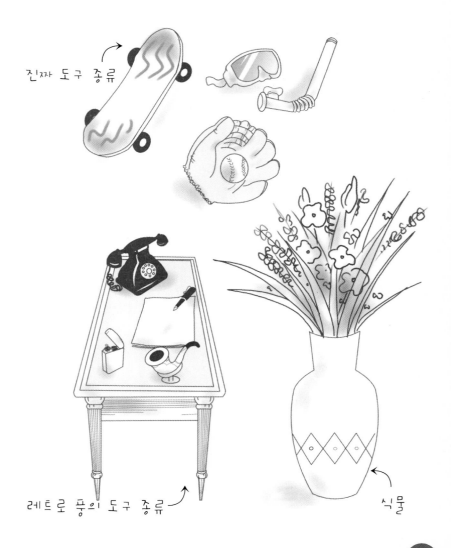

진짜 도구 종류

레트로 풍의 도구 종류

식물

▣ 중요한 연중행사

	상순	중순	하순
1 월	신정(1일) 관청 업무 시작일(4일) 나나쿠사(七草, 일본 다섯 명절 중 하나로 정월 7일에 봄의 대표적인 일곱 가지 풀을 넣어 끓인 죽을 쑤어 먹으며 그 해의 건강을 비는 날_역주)(7일)	가가미비라키(鏡開き, 설에 차렸던 가가미모치라는 떡을 잘라서 먹는 날-역주)(11일) 성인의 날(15일) 토왕(土用, 입하, 입추, 입동, 입춘 전의 18일간_역주)(17일) 대한(20일)	
2 월	절분(3일) 입춘(4일) 삿뽀로(札幌) 눈축제(5일) 하리쿠요(針供養, 2월 8일, 또는 12월 8일에 여자들이 바느질을 쉬고 부러진 바늘을 모아 두부나 곤약에 꽂아 내에 띄의거나 신사에 보내어 제를 지내는 날_역주)(8일)	건국기념의 날(11일) 밸런타인데이(14일) 미토(水戸, 일본 지명_역주)의 매화축제(20일)	
3 월	히나마쓰리(3일) 귀[耳]의 날(3일) 경칩(5일경) 졸업식	화이트 데이(14일) 히간이리(彼岸入り, 춘분, 추분을 중심으로 한 7일간_역주)(18일경) 축구 J리그 개막(중순)	춘분(20일경) 히간이리 끝나는 날(24일경)
4 월	만우절(1일) 입학식, 입사식 프로야구개박(상순) 꽃 축제(8일)	발명의 날(18일)	녹색 주간(23~29일) 녹색의 날(29일)
5 월	메이데이(1일) 헌법기념일(3일) 어린이의 날(5일) 애조(愛鳥)주간(10~16일)	엄마의 날(둘째 주 일요일)	
6 월	옷 교체(여름옷) 도키노키넨비(時の記念日。671년 4월 25일(태양력 6월 10일)에 눈금을 만들어 시를 알리기 시작한 것을 기념하는 날_역주)(10일) 장마 시작	아빠의 날(셋째 주 일요일)	하지(22일경)

	상순	중순	하순
7월	미국 독립기념일(4일) 칠석(7일) 장마가 갬 해수욕장 개장, 여름 산의 시즌을 맞이하는 날	바다의 날(20일)	프로야구 올스타전(22일 경)
8월	물의 날(1일) 관광주간(1~7일) 히로시마(廣島)원폭기념일(6일) 입추(8일경) 나가사키(長崎)원폭기념일(9일)	추석(13~16일) 종전기념일(15일)	
9월	방재의 날(1일)	경로의 날(15일) 히간이리(20일경)	추분(20일경) 히간이리 끝나는 날(26일경)
10월	옷 교체(겨울옷) 나가사키쿤치(長崎くんち. 나가사키에서 열리는 가을 축제_역주)(7일) 세계유편의 날(9일) 체육의 날(10일)	철도기념일(14일) 프로야구 일본시리즈(10일경~)	전신전화기념일(23일) UN의 날(24일) 할로윈(30일경)
11월	세뱃돈 달린 연하엽서 발매(1일) 문화의 날(3일) 입동(8일경) 가을 전국화재예방운동(9~15일)	시치고산(七五三. 어린이의 장수를 비는 축하 잔치_역주)(15일) 기모노의 날(15일)	근로감사의 날(23일) 펜의 날(26일)
12월	세계인권의 날(10일)		천황탄생일(23일) 크리스마스이브(24일) 크리스마스(25일) 관청 업무 마감일(27일) 섣달 그믐날(31일)

연출, 디스플레이를 잘하려면?

잘나가는 가게 노하우 151가지

✔ POP, 전단지, DM을 잘 만들려면?

1. 가게에서 사용하는 POP에는 어떤 종류가 있는가?

POP에는 가게 영업시간 등을 알리는 알림판이나 매장표시, 안내표시, 세일이나 이벤트 캠페인 표시, 그 외에도 캐릭터 인형 등 가게 내부 장식물이나 판매 촉진물 등 여러 가지가 있다. 여기에서는 이런 것들은 생략하고 상품진열 장소에 쓰이는 POP만 소개하도록 하겠다.

(1) 천장, 집기, 벽면에 매달거나 붙이는 것

    광고지 형식이 많고 직사각형에 세로쓰기가 많다.

(2) 상품 옆에 놓거나 붙이는 것

    ① 가격표(Price Card)―손님이 상품 구매에 가장 큰 영향을 미치는 가격을 표시한 것이다. 상품에 붙이거나 바로 옆에 놓아두지 않으면 의미가 없

다. 또한 상품이 품절되었을 때 가격표가 그대로 붙어 있으면 안 된다. 그리고 손님은 가격표 색상이 변해 있으면 그 상품이 오래됐다고 생각하므로 붙였다고 해서 다 된 것은 아니다.

② 쇼 카드(Show Card, 카드 디스플레이, 디스플레이 카드)-문자, 일러스트, 사진 등을 사용해서 상품 옆에 놓아두는 카드다. 상품명(브랜드)이나 제조업체명, 용량, 사이즈, 사용 방법이나 품질, 어디에서 어떻게 만들어졌는지 등 이른바 상품에 대한 설명을 넣어서 손님의 선택을 도와주고 구매 의욕을 자극하는 것이다.

③ 스티커-브랜드, 마크, 캐릭터 등이 인쇄된 접착제가 붙은 작은 종잇조각(Seal)으로, 진열케이스나 전시품 등에 붙어 있다. 인쇄물이기 때문에 제작비용이 꽤 들어 일반적으로 소매점은 제조업체나 도매업체가 만든 것을 쓴다. 또 간단하게 사용할 수 있어서 마구 붙이기 쉬운데 너무 많이 붙이면 그저 더러운 느낌이 날 뿐이어서 오히려 역효과가 난다. 따라서 많이 붙여야 할 때는 덕지덕지 바를 것이 아니라 잘 정리해서 질서정연하게 붙이자. 또 철사 등에 붙여서 진열된 상품 중간 중간에 끼워 넣어 흔들리게 한 '스윙 스티커'도 있다.

④ 스포터(Spotter)-걸어가는 손님이 볼 수 있도록 진열된 상품에서 통로 쪽으로 직각으로 튀어 나오게 한 것이다. 도서관이나 서점의 작자분류, 내용분류 등에 쓰이는 형식과 비슷하다. 일반적으로 스포터에는 상품 브랜드명이나 그 상품의 서비스 내용 등을 쓴다.

⑤ 보틀 디스플레이(Bottle Display)-병으로 된 상품에 붙이는 POP의 총칭이다. 일반적으로는 보틀넥(Bottleneck, 병목)에 끼운다.

⑥ 라운드 시트(Round Sheet)-상품이나 상품케이스, 패키지에 두르는 형식의 POP다. 서적 표지에 두르는 띠 같은 것이다.

⑦ 모빌(Top—Board)—곤돌라 형식의 진열대나 벽면 오픈진열대 가장 윗선
반 등에 두는 보드 형태의 POP다.

⑧ 카피 벨트(Copy Belt)—상품을 전시(디스플레이)할 때 붙이는 유인문구
등을 쓴 종이 띠다. 상품 디스플레이 구성에서는 구성요소의 하나로 전체
의 균형을 해치치 않도록 사용해야 한다.

⑨ 카톤 디스플레이(Carton Display. 패키지 디스플레이)—상품의 카톤(두
꺼운 종이로 만든 상자)이나 패키지 뚜껑, 혹은 그 일부를 조립해서 전시
하는 POP이다. 상품을 싸고 있는 골판지 상자 일부를 열어서 진열하기도
한다.

■ 여러 종류의 POP

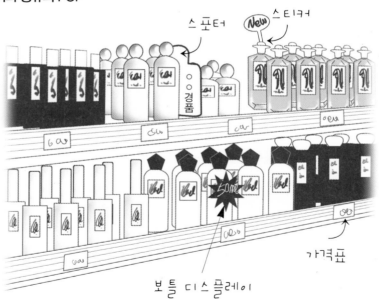

2. POP는 너무 많이 하면 안 된다. 좋은 인상을 줄 수 있는 방법은?

POP는 매장에서 손님이 잘 볼 수 있는 위치에 붙여야 의미가 있다. 그렇게 하려면 다음과 같은 점에 주의해야 한다.

(1) 손님이 어느 정도 떨어진 곳에서도 확실히 볼 수 있는 장소에 붙인다

일반적으로는 손님이 2~3m 정도 떨어진 곳에서도 잘 보이는 장소가 좋다.

(2) 상품에서 떨어뜨리지 않는다

당연한 이야기겠지만, POP를 광고하는 상품과 떨어진 곳에 하면 아무 의미 없다. 따라서 상품 바로 옆에 붙여야 한다. 가격표 등 상품에 붙이는 것은 별 상관없지만, 따로 두는 것은 상품과의 거리나 위치관계의 균형을 생각해야 한다.

(3) 상품을 가리지 않는다

POP가 주역이 되면 주객이 전도된 격이니 상품을 가리지 않도록 한다. 또 손님이 만지다 POP의 위치가 비뚤어지거나 잘 세팅해 놓은 것이 휘는 일도 있으니 꼼꼼히 점검해야 한다.

(4) POP를 붙이는 상품을 한정한다

가격표는 상관없지만, POP는 '이거다' 싶은 상품에만 붙인다. 모든 상품에 붙이면 POP가 너무 많아서 산만한 느낌을 주고 식별하기 어려워서 손님이 제대로 보지도 않는다.

(5) 일정한 위치에 붙인다

특히 가격표는 상품마다 붙이는 위치가 다르면 매장 전체 분위기를 지저분하게 만든다. 반면 상품별로 붙이는 위치를 정해 두면 깨끗한 느낌을 줄 수 있다.

(6) POP는 항상 깨끗하게 유지한다

종이가 지저분하거나 변색된 POP는 오히려 손님에게 부정적인 이미지를 준다. 또 제조업체 포스터나 계절이 지난 POP도 안 좋은 이미지를 준다.

(7) 상품과 사이즈, 색상의 균형을 맞춘다

특히 많이 사용하는 가격표는 균형 잡힌 사이즈로 해야 한다. 그저 크기만 한 것도, 너무 작은 것도 손님에게 깔끔한 인상을 주지 못한다. 색상은 숫자나 글자가 눈에 잘 띄는 흰색 바탕에 검은색 글자가 일반적이며, 글자는 너무 작아 보일 우려가 없도록 조금 크게 쓴다.

또 지나치기 쉬운 점 중 하나인데, 상품과 POP와의 색상 조화도 고려해야한다. 싸게 파는 상품은 형광색을 사용하거나, 좀 특이한 POP를 하고 싶을 때는 상품 색상과의 조화를 깨지 않는 선에서 색종이나 색 글씨를 사용한다.

▣ 멀리서도 잘 보이는 POP

3. 팔리지 않는 상품이 아니라 잘나가는 상품을 광고하자

가게에 있는 상품의 80%는 그다지 팔리지 않는 상품으로, 팔리는 상품은 겨우 20% 정도다. 그리고 이 20%로 가게 이익의 80%를 벌어들인다는 법칙이 있다.

하지만 대부분의 가게는 팔리지 않는 상품에 광고나 판매촉진 비용을 들이는 반면, 잘나가는 상품은 가만히 손 놓고 있어도 잘 팔릴 것이라고 생각한다.

하지만 광고 효과에 대한 연구에 따르면 잘 팔리는 상품에 비용을 들이는 편이 그다지 팔리지 않는 상품에 같은 액수의 비용을 투자하는 것보다 10배 이상의 효과가 있다는 결과가 나왔다.

이것은 가게가 기본적으로 '판매자'가 아니라 제조업체나 도매상에서 물건을 사는 '구매자'이기 때문이다. 가게는 우선 손님이 원하는 상품을 구입한 후에 이것을 어떻게 팔지 연구해야 한다.

따라서 잘 팔리는 상품 구입이나 판매에 힘을 쏟고 잘나가지 않는 상품은 가능한 포기하도록 하자.

4. 쇼 카드 문장은 한 번에 읽을 수 있는 글자 수로

집중시간이 짧아 산만하고 불안한, 정신의학에서 말하는 '다동(多動)신드롬' 증상을 보이는 바쁜 손님에게 오랜 시간을 들여서 읽어야 하는 쇼 카드는 통하지 않는다. 따라서 카피 글자 수는 손님이 한눈에 알아볼 수 있거나 혹은 한 번에 다 읽어 내릴 수 있도록 해야 한다. 참고로 일반인이 1분에 읽을 수 있는 글자 수는 240~300글자이며, 또

157

읽고 있는 동안 질리지 않는 글자 수는 264자 정도라고 한다. 이것은 불교에서 어느 종파 스님이든 다 읊는 '반야심경'의 문자수이기도 하다. 긴 문장은 이 문자수를 기본으로 해서 손님들이 쉽게 읽을 수 있도록 하자.

또 긴 문장에서는 손님에게 어필하고 싶은 결론을 문장 가장 앞부분에 적어야 한다. 그러면 바쁜 손님도 가장 앞 문장 하나만 읽어도 어느 정도 가게가 전하고자 하는 바를 이해할 수 있다. 일반적으로 한 행에 20자 이내로 하는 편이 읽기 쉽다고 한다.

손님이 POP를 읽게 하려면 첫 시작 부분이 중요하다. 손님의 마음을 끄는 유인문구, 이보다 더 짧은 선전 구호 등이 이에 해당한다.

5. 전단지, DM, 쇼 카드의 배치는 모방해도 좋다

쇼 카드뿐 아니라 전단지, DM(Direct Mail. 타깃에게 상품 카탈로그 등을 직접 우편으로 보내는 광고_역주)도 막상 만들려고 하면 말은 물론 어떤 배치로 하면 좋을지 몰라 고민하게 된다. 손님의 주목도를 높이려면 프로처럼 이 세상 어디에도 없는 독창성이 있으면서도 고객의 눈을 확 잡아끄는 것을 만들어야 하는데 이는 아무나 할 수 있는 일이 아니다.

전문서적을 참고로 하거나 제조업체가 주최하는 교실 등에서 배우겠다는 의욕과 시간이 있으면 다행이지만 바빠서 그런 여유가 없는 사람이 대부분이다. 굳이 말하자면 쇼 카드 정도를 만드는 데 그렇게까지 할 필요는 없다.

쇼 카드는 스스로 다른 가게 것을 보거나, 전단지와 DM은 집에 온 것 중에서 자기 가게에 맞는 것이나 배치와 그 외의 것이 괜찮다고 생각되는 것을 모방하고 업계신문이나 잡지 등에 실린 가게 소개사진 속에 찍혀 있는 것을 따라 하는 방법도 있다.

여기서 중요한 점은 자기 가게에 참고가 될 만한 것이 있는지 없는지 항상 주의해서 살펴보고 '이거다' 싶은 것이 있으면 자기 가게에 도입한다는 마음가짐이다.

6. 일단 정한 스타일은 한동안 계속해 보자

다른 가게 것을 모방하면서도 서서히 자기 가게만의 스타일을 확립해야 한다. 예를 들어 쇼 카드는 몇 가지 사이즈와 형식을 만든 다음 한동안 사용한다. 전단지나 DM도 어느 정도는 계속 사용해야 한다.

다소 시간이 걸려 인내심이 필요하지만, 사용 빈도를 높이면 높일수록 손님 기억에 오래 남고 좋은 인상으로 남는 법이다.

예를 들어 TV에서 광고 등을 통해 오랜 시간 반복적으로 봐 온 상품을 매장에서 보면 왠지 모르게 사고 싶어지듯 자기도 모르게 호의적인 반응을 보이게 되는데, 이것을 미국의 한 사회심리학자는 '단순접촉효과'라고 했다. 이것은 쇼 카드도 마찬가지다.

7. 초등학생도 이해할 수 있는 쉬운 문장으로

손님 눈이 멈췄을 때 다른 것에 마음이 흔들리지 않게 하는 카피가 효과적인 카피다. 구체적으로 어떤 것이 있는지 살펴보자.

효과를 운운하기 전에 우선은 문장이나 유인문구에서 상품의 이름이나 유래, 소재명 등에서 잘못 기록하거나 내용의 거짓, 오자, 탈자가 없도록 해야 한다. 이런 것이 있으면 손님의 비웃음을 살 뿐 아니라 그만큼 읽으려는 의욕을 떨어뜨리기 때문이다.

문자나 숫자 크기에 대해서는 앞에서도 말했듯이 2~3m 정도 떨어진 곳에서도 읽을 수 있는 정도가 좋다. 참고로 안내표지인 간판 종류는 이보다 더 먼 5~8m 정도에서도 보이는 크기로 해야 한다.

하지만 뭐니 뭐니 해도 쉬운 말과 문장으로 만드는 것이 가장 중요하다. 손님이 매장에서 읽는 쇼 카드로 아주 짧은 시간에 강한 인상을 주려면 초등학교 5, 6학년도 읽고 이해할 수 있어야 한다.

또 문구에도 신경을 써야 한다. 그 상품의 업계용어나 가게에서 사용되는 용어 등은 되도록 피하도록 하자. 특히 요즘에는 영어를 많이 쓰기 때문에 왠지 모르게 POP에도 영어를 쓰기 쉬운데 젊은 사람을 대상으로 한 가게라면 몰라도 폭 넓은 연령층이 타깃이라면 고령자가 무슨 의미인지 모르는 말은 사용하지 않는 것이 좋다.

8. 보기 쉽고 읽기 쉽게 하려면 네 가지 색 이내로

일반적으로 쇼 카드는 젊은 사람이 쓰는데, 젊은 사람은 색상을 많이 사용하기 쉽다. 하지만 색상만 많이 사용한다고 다 좋은 것은 아니다.

글자나 장식은 색상을 많이 쓰면 쓸수록 어수선해서 보고 읽기가 어렵게 된다. 따라서 일반적으로 용지 색상까지 포함해서 서너 가지 색

이내로 하는 편이 좋다.

쇼 카드를 쓸 때는 우선 가게 이미지 컬러나 상품 컬러 등을 고려해서 용지 색을 결정한 후 글자나 일러스트 등의 색상을 결정한다. 바탕색이 매장 전체 이미지에 영향을 주기 때문이다.

또 문장도 전하는 내용에 맞게 테두리를 하거나 글자를 강조하거나 혹은 일러스트나 만화를 덧붙이는 등의 연구를 해야 한다. 무엇보다 한눈에 알아볼 수 있고 보기 쉽고 이해하기 쉬워야 한다. 복잡한 것은 보기 어려워서 손님을 멀어지게 하기 때문이다. 또 두말할 필요도 없이 글자는 깔끔하게 잘 써야 한다.

쇼 카드뿐 아니라 모든 POP는 문자(숫자)나 그림의 배치가 생명이라고 할 수 있으므로 전체적으로 봤을 때 통일감이 있도록 만들어야 한다. 그러려면 빼곡히 글자를 쓰지 말고 여백을 살려서 시인성(눈에 잘 보이는 성질)이 높아지도록 해야 한다.

9. 전단지는 주력 상품 위치에 주의하자

전단지도 쇼 카드와 마찬가지로 보기 쉬운 배치가 아니면 의미가 없다.

쇼 카드도 마찬가지지만, 일반적으로 용지는 가로쓰기라면 횡형(橫形), 세로쓰기라면 종형(縱形)이 배치하기 쉽고 안정감 있어 보인다.

또 손님은 용지와 내용의 전체적인 느낌을 순식간에 본다. 이때 세로쓰기라면 자연스럽게 오른쪽 모서리에 시선이 감으로 그곳에 유인 문구나 주력 상품을 두어야 한다. 다음은 용지 대각선상에 있는 왼쪽 아래에 눈이 가므로 그곳에 두 번째 주력 상품과 문구를 놓아야 한다.

가로쓰기의 경우도 마찬가지로 자연스럽게 왼쪽 위로 시선이 감으로 그곳에 어필하고자 하는 유인문구나 주력 상품을 놓고 두 번째 주력 상품은 용지 대각선상에 있는 오른쪽 아래에 놓는다.

또 전단지는 사진을 많이 사용해서 상품을 깨끗하게 나열하고 한눈에 알 수 있도록 해야 한다. 단 작은 사진을 너무 많이 나열하면 보기 힘들어지므로 강조하고 싶은 것만 크게 해서 역동적인 배치를 만들어야 한다.

문장은 쇼 카드와 마찬가지로 표제어인 선전구호를 짧고 간결하게 해야 한다. 또 사진을 사용할 때는 통신판매 카탈로그를 참조하면 좋다. 통신판매 카탈로그는 칼라 사진을 얼마나 아름답게 찍어서 손님을 사게 만드느냐가 승부처라고 하는데, 이것은 전단지도 마찬가지다. 칼라 사진이 없을 때는 색상을 사용해야 눈에 쉽게 띄므로, 검은색 일색보다는 두 가지 이상의 색상을 사용하는 것이 좋다.

10. 좋은 DM은 쓰레기통에 직행할 일이 없다. 내점을 촉진하는 여러 가지 방법

DM은 가게 이미지를 표현하는 디자인화 된 서체나 마크, 색상을 패키지나 포장지, 종이백 등과 연결시킴으로써 손님에게 가게 이미지를 계속적으로 전달하는 중요한 요소 중 하나다.

DM의 일반적인 형태는 엽서, 카드, 편지 등이다. 우체국에서 허용되는 형태라면 어떤 것이든 상관없지만, 손님에게 배달된 많은 우편물 중에서 눈에 띄지 않으면 쓰레기통에 직행하고 만다.

따라서 디자인의 완성도를 높이고 다른 DM과 차별화되는 디자인을 연구해야 한다. 어떤 것이 좋은가는 전단지와 마찬가지로 자기 집에 배달되는 다른 가게의 DM 중에서 눈이 가는 것을 모방하는 것이 가장 빠른 방법이다.

예를 들어 어떤 DM의 형태가 눈을 끌고 한 번 열어 보고 싶게 하는지, 읽어 보고 싶은 매력적인 문장인지 아닌지를 살펴보면 된다.

또 가게가 전하고자 하는 정보가 많을지라도 간결하게 정리해서 3개 정도의 정보로 압축하자. 많이 쓰면 쓸수록 손님이 읽을 확률은 그만큼 낮아진다.

또 얼굴이 보이지 않는 불특정 다수의 고객에게 투망을 던지듯 많은 양의 DM을 발송해도 효과는 기대할 수 없다. 손님이 가게를 방문하게 하려면 그 나름의 노력이 필요하다. 예를 들어 많은 사람이 워드 프로세서나 PC를 잘 사용해서 인쇄문자 전성시대라 불리는 지금, 자기 가게를 찾아 준 손님에게는 가능한 정성을 다해 친필이 들어간 약간의 문장을 덧붙이는 등 마음을 전해야 읽힐 확률이 높다.

참고로 미국 다이렉트 마케팅에는 자사 상권 내의 불특정다수 손님에게 보내는 DM이나 전화를 통한 내점 안내 등의 판매촉진에 '1% 법칙'이라는 리스펀스(Response) 확률의 법칙이 있다. 100명에게 보내도 한 사람이 내점할 정도라는 뜻이다. 물론 실제로는 그렇게까지 확률이 낮지는 않지만 그다지 효율적이라고는 할 수 없다.

지금은 DM을 그저 보내는 것이 아니라 DM이 도착할 때쯤 내점을 권유하는 전화를 하거나 DM에 할인권, 교환권 등을 동봉하는 등 여러 가지 판매촉진방법을 병행해야 한다.

PART 4
고객을 만족시키려면?

》♣ 상품 구색을 잘하려면?
♣ 손해를 보지 않으려면?
♣ 능력 있는 판매원을 양성하려면?

151 Variety Know – how

✔ 상품 구색을 잘하려면?

1. 가설을 세워 잠재욕구를 발굴하자. 그리고 성공할 때까지 도전하고 검토하자

상품구색에 대해 설명하기 전에 우선 영업사원을 비롯한 구입처와의 관계에 대해 설명하겠다. 일반적으로 확실하게 이익을 올릴 수 있는 이야기를 다른 사람에게 가르쳐 주는 사람은 없다. 그리고 자기가 손해를 보면서까지 상대방에게 최선을 다하는 사람도 없다.

제조업체나 도매상은 자사의 잘나가는 상품에 대한 정보는 제공하지만, 잘나가지 않는 상품에 대해서는 좀처럼 가르쳐 주지 않는다. 그래서인지 제조업체나 도매상 영업사원은 잘 팔리지 않는 자사 상품을 얼마나 가게에 잘 떠넘기느냐에 따라 실력이 결정된다고 한다. 따라서 모든 정보가 다 그렇다는 이야기는 아니지만, 너무 과장된 말은 주의해서 듣자.

가게도 손님을 잘 구워삶아서 잘 팔리지 않는 상품을 많이 파는 판매원을 능력 있다고 생각하는 경향이 있는데, 이런 방법을 쓰면 일시적인 매출 증가는 있어도 장기적으로 봤을 때 가게나 판매원의 신용을 잃게 되는 원인이 된다.

그렇다면 좋은 물건을 싸게 팔면 잘 팔릴까? 절대 그렇지 않다.

당연한 이야기겠지만, 가게에 좋은 상품이 손님에게도 좋은 상품이라는 보장은 없다. 하지만 손님에게 좋은 상품은 결국 좋은 평가를 받아 굳이 싸게 팔지 않아도 잘 팔린다.

따라서 상품구색은 '손님은 무엇을 원하는가?'라는 가설을 세우는 데서부터 시작하자. 그리고 가설에 따라 시험해 보고 그 결과를 검증하는 것이다.

이때 가설이 틀렸다는 사실을 알게 되는 즉시 중지하는 철저한 의사결정(Decision Making)이 요구된다. 끊임없이 새로운 가설을 세우고 시도해 보는 트라이 앤드 체크(Try And Check) 없이는 성공도 없다.

2. 상품을 보는 눈을 '세 가지 관점' 으로 키우자

상품과 그 상품의 정보, 상품에 대한 사회와 세간의 반응, 상품을 보는 자신의 시선, 이렇게 세 가지 관점에서 보는 것이다.

즉 상품의 품질이나 이미지를 잘 음미하고 상품이 전하고자 하는 정보를 사회나 세간이 어떻게 평가하는지 반응을 살펴보면서 자신은 그 상품을 어떻게 평가하느냐의 세 가지 관점을 좌표축으로 해서 봤을 때, 비로소 그 상품의 진정한 모습을 볼 수 있다는 뜻이다.

이는 자신이 목표로 한 사물의 위치를 정확히 파악하기 위해 삼점측량법(三點測量法)을 사용하는 것과 비슷하다.

3. 우선 무언가 하나에 승부를 걸어라

지금은 같은 상품을 판매하는 경쟁가게와의 차별화가 요구되는 시대다. 그렇다면 차별화는 어떻게 이루어야 할까? 우선은 무엇으로 그 지역에서 최고가 될 것인가를 결정해야 한다.

물론 가게 경영상 매출이나 총이익 등으로 다른 가게와의 차별화를 꾀할 수 있다면 이보다 더 좋을 수 없을 것이다. 만약 이것이 불가능하다면 적정하거나 싼 가격으로 승부할 수도 있다. 하지만 성별, 연대별, 소재별, 디자인별, 혹은 기능성 상품이라면 상품구색 등에서 최고가 되는 것이 가장 바람직하다.

또 요즘 시대에는 상품구색과 함께 깨끗함, 센스, 청결함이나 판매 후의 애프터서비스 등으로 다른 가게와의 차별화를 꾀할 수도 있다.

4. 물건이 팔리지 않는 시대에는 상품구색을 연구해야 한다

물건이 팔리지 않는 시대에는 잘 팔릴 때의 상품구색으로는 절대 성공할 수 없다.

경기가 좋을 때는 좁은 매장에 상품을 대충대충 쌓아 놓아도 잘 팔린다. 하지만 불경기 때는 이런 방법이 통하지 않는다. 아니 오히려 더 팔리지 않게 되고, 수북이 쌓인 상품은 '죽은 상품' 이 되어 매장 전체가 상품창고처럼 되어 버린다.

따라서 불경기 때는 판매하는 상품을 한정하고 가게 내부의 빈 공간을 상품진열이나 전시연출 등으로 활용해서 즐겁고 여유 있는 매장을 만들어야 한다. 또 가게 내 매장은 판매원과 손님의 대화가 오가는 '대화의 장' 으로 만들고 단골손님을 소중히 하는 판매 방법으로 전환해야 한다.

장사는 시대의 변화에 맞게 변해야 한다. 따라서 물건이 팔리지 않는 불경기에는 매출이 떨어져도 이익을 낼 수 있는 상품구색을 갖추어야 한다.

즉 종래의 싸게 많이 파는 박리다매 판매 방식에서 적게 팔아도 총이익이 많은 상품으로 갈아타야 한다는 뜻이다.

물론 이렇게 취급상품을 전환하거나 하면 지금까지 친한 관계를 유지해 오던 구입처뿐 아니라 새롭게 다른 구입처도 개척해야 하므로 많이 힘들 것이다. 하지만 지금은 그것을 극복하지 않으면 살아남을 수 없는 힘든 시대가 아닌가.

5. 너무 많은 상품 종류는 불친절하다. 한 상품에 10~20종류 정도가 적당하다

지금은 한 상품분야에서 많은 종류의 상품(브랜드)이 경쟁하는 시대다. 따라서 모든 상품을 한 가게에서 다 취급하면 여러 상품을 비교해 보면서 살 수 있어서 좋다. 또 손님들이 그것을 원한다.

하지만 너무 상품 종류가 많으면 손님은 오히려 헤매게 된다. 불친절한 상품구색이 되고 마는 것이다. 그렇다면 손님에게 친절한 상품구색은 어떤 것일까? 바로 가게 넓이에 맞게 상품 수를 한정해서 손님이 고르기 쉽도록 하고, 자신 있게 내 놓을 수 있는 상품만 판매하는 것이다. 참고로 적절한 상품 종류 수는 10~20가지라고 한다.

6. 자신만의 라이프스타일이 있는 손님을 타깃으로 삼자

요즘은 사람들의 취미나 기호가 워낙 다양해지다 보니 손님이 무엇을 원하는지 파악하기 점점 어려워지고 있다. 하지만 작은 가게일수록 자기 가게의 단골손님상을 명확히 설정하고 이에 따라 상품을 구색해서 손님이 원하는 물건은 무엇이든 있는 가게를 만들어야 한다.

예전처럼 무엇이든 많기만 하면 된다는 생각은 결국 손님이 진정으로 원하는 것은 전혀 없는 매장을 만들고 만다.

손님의 연령대나 수입을 보지 말고 패션 감각이나 좋은 취향, 그리고 세대 간에 공통되는 라이프스타일을 추구하는 사람을 타깃으로 삼아 상품구색을 하자.

이제는 공통되는 요소가 있는 한편 개성을 중시하는 사람, 또 타인의 시선을 신경 쓰거나 다른 이와 비교하면서 사는 것이 아니라 자신을 위해서 혹은 목적을 명확히 설정한 뒤 자신의 존재감을 인식하고 자아실현을 추구하며 살아가는 사람이 늘고 있기 때문이다.

매장별로 확실한 라이프스타일 컨셉이 있는 상품을 진열하면 손님을 끌어들일 수 있다. 아울러 점원보다 상품지식이 풍부한 손님이 늘고 있으니 그들의 눈을 만족시킬 수 있는 상품구색을 하는 데 유의하자.

7. 상품구색의 감(感)을 키우려면 손님의 목소리를 듣고 손님의 모습을 관찰하자

상품구색은 손님 목소리에 귀 기울일 수 있는 귀와 손님의 모습을 관찰할 수 있는 눈을 항상 연마하는 일에서부터 시작된다.

손님들끼리 나누는 대화나 손님과 나누는 대화에 귀 기울이면 상품구색의 힌트가 될 만한 이야기를 들을 수 있다. 물론 판매된 상품의 수도 손님의 무언의 목소리이므로 잘 살펴봐야 한다. 또 손님의 모습이나 소지품, 가게 앞을 지나는 통행객(잠재적 고객)을 잘 관찰하면 자기도 모르게 깨닫게 되는 것이 있다.

그리고 가끔은 같은 상품을 판매하는 경쟁가게를 관찰하러 가서 그곳 손님의 목소리를 듣거나 모습을 관찰하는 것도 상품구색의 감을 키울 수 있는 방법이다.

손님을 읽는 힘과 감성이 승부처다. 그런 의미에서 보면 손님의 목소리는 신의 목소리고 손님의 모습은 부처님의 가르침이다.

8. 희귀한 상품, 제철 상품으로 손님의 시선을 끌자

사람에게는 'New, Fresh'로 표현되는 새로운 것이나 좀처럼 구할 수 없는 한정 상품인 '희귀상품', '진품'을 좋아하는 경향이 있다.

가게에 아직 시중에 나오지 않은 상품이나 가장 좋은 시기인 제철 상품, 희소가치가 있는 상품을 진열하자. 불경기로 상품 시장이 작아져도 손님 눈에 신선하게 보이는 것은 잘 팔려 좋은 결과를 낼 수 있다.

하지만 요즘은 큰 유행 없이 작은 유행이 정신없이 나타났다 사라져가는 시대이므로 유행하는 상품만 취급하면 언젠가는 한계에 다다르고 만다. 따라서 우선은 확실한 상품구색 컨셉을 정립한 뒤에 희귀상품이나 제철상품으로 승부해야 한다.

9. 상품의 세 종류

가게에서 취급하는 상품에는 세 종류가 있다.

손님 시선을 잡기 위해 가게 앞이나 창 등에 진열되어 매력을 발산하는 신상품이나 제철상품 혹은 화제 상품인 '보이는 상품', 상품구색의 중심이 되는 매출이 좋은 상품(이 상품을 얼마나 확보하느냐가 가게 실력이다)인 '잘나가는 상품', 그리고 손님의 눈길 한 번 못 받고 말 그대로 매장에서 데드 스톡(Dead Stock)이 되어 버린 '죽은 상품'이다.

이 외에 가게가 판매촉진 등을 통해 어떻게든 팔고자 하는, 혹은 가게 사정으로 다른 상품보다 먼저 처리해야 하는 '팔아야 하는 상품'도 있다. '팔아야 하는 상품'이 자신 있는 상품이라면 어느 정도 효과를 기대할 수 있지만, '죽은 상품'을 어떻게든 회생시켜 보려고 '팔아야 하는 상품'으로 잡았다가는 지금처럼 눈 깜박할 사이에 유행이 바뀌는 시대에는 절대 성공할 수 없다.

또 손님이 원하는 상품이 품절되어 비어 있는 공간을 '죽은 상품'이

차지하고 있으면 매장이라고도 할 수 없다.

따라서 상품은 구입부터 재고의 판매상황, 재고까지 각각 상세히 체크해서 '죽은 상품'을 찾아내 재고를 줄여 나가야 한다. 이것 없이는 매출이나 총이익 등의 경영성적이 개선될 리 없다.

그런 의미에서도 항상 '잘나가는 상품'을 중심으로 한 새로운 상품을 구입해서 보완할 수 있도록 도매상이나 제조업체와의 긴밀한 유대를 유지해야 한다.

10. 20% 상품으로 80%의 매출. '80대 20' 법칙

POP 편에서도 조금 설명했는데, 경제학의 기본으로 '80대 20' 법칙 (줄여서 8대 2 법칙)이란 것이 있다.

이 법칙은 가게 상품구색에도 통용되는 이론으로, 20%의 상품으로 가게매출의 80%를 올리고, 나머지 80%의 상품으로 매출의 20%를 올린다는 것이다.

또 매출의 95%는 상위 50% 품목으로 채워진다고 한다. 아울러 판매하는 상품 전체의 20~30%는 오랫동안 거의 팔리지 않은 '죽은 상품'이다. 상품관리학 방법의 ABC(Activity Based Costing)분석은 이 이론을 응용한 것이다.

11. 한 상품의 색상은 5~7가지 정도가 좋다

예전부터 상업을 발전시킨 일본 사람들은 '적, 황, 청, 백, 흑'의 다

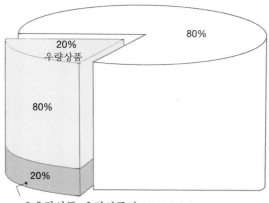

초우량상품=우량상품의 20%(전체의 4%)

섯 색을 전통적인 기본색으로 좋아해 왔다. 무지개의 7가지 색 '빨, 주, 노, 초, 파, 남, 보'도 자연스러운 색으로 사랑을 받아 왔다. 또 다도(茶道) 등의 영향으로 약간 희미한 색인 회색이나 갈색도 시대에 따라 사랑받아 온 색이다.

그래서인지 이들 색 중 중복되는 것을 제외한 빨간색 계열, 노란색 계열, 청색 계열, 녹색 계열, 흰색 계열, 검은색 계열, 보라색 계열, 회색 계열, 갈색 계열의 아홉 계통의 색상이 상품 색이나 패키지 색으로 주로 사용되어 왔다.

물론 이들 색을 모두 갖출 필요는 없고 시대의 감성이나 시기에 맞게 5~7가지 정도로 상품을 구색하면 손님에게 만족감을 줄 수 있다.

잘나가는
가게 노하우
151가지

✓ **손해를 보지 않으려면?**

1. '품절되었습니다. 죄송합니다' 는 절대금물

절대 잘 팔리는 상품이 전부 팔려 버리는 '품절' 때문에 판매기회를 놓치지 말자.

가게에서는 적절한 상품을 알맞은 시기에 적당한 양만 구입하고 필요할 때 언제든지 보충할 수 있도록 해야 한다. 그러려면 평소부터 제조업체나 도매상과 충분히 거래하고, 상품정보 네트워크를 구축해서 잘나가는 상품을 언제든지 채울 수 있는 체제를 마련해 두어야 한다.

'품절되었습니다. 죄송합니다' 라는 문구로 상품에 대한 동경이나 갈망을 자극하는 판매방법도 있지만, 이것도 상품을 조달할 수 있는 능력이 전제되었을 때의 이야기다. 즉 끊임없이 매력적인 신제품을 들여놓을 수 있어서 손님을 끌어당기고, 고객이 과거에 구입한 것보다 괜찮은 상품이 항상 있는 능력 있는 가게가 아닌 이상 위험이 큰 판매 방법인 것이다.

2. 타깃과의 틈은 신속히 제거하라

가게가 상품을 고르는 감각과 손님의 감각이나 가치관 사이에는 곧잘 틈이 생긴다. 또 타깃을 결정한 뒤에 물건을 구입해도 실제로 가게를 찾는 손님과 타깃이 다른 경우도 자주 있다. 예를 들어 가게가 타깃으로 삼을 연령대를 결정하고 물건을 들여놓았는데 실제로 가게를 찾는 손님은 더 나이가 많거나 어릴 수 있는 것이다.

이 외에도 라이프스타일이나 가치관, 품질에 대한 가치관, 가격에 대한 평가 등 손님에 따라 많은 차이가 있는 요소가 있는데, 이런 틈이 있으면 상품이 팔리지 않아 큰 타격을 입을 수 있으니 항상 조심하자.

3. 적당한 '수량산출' 이 손님에게 좋은 인상을 준다

소형점포에서는 어떤 상품이 얼마나 팔리고 있는지 판매상황을 파악해야 하는데, 구입할 상품의 단품별 수량을 결정해서 발주하고 구매하는 것을 '수량산출' 이라고 한다. 제조업체나 도매상의 전시회나 쇼룸에서의 상담, 가게에 온 영업사원과의 상담 등을 통해 상품을 구입할 때 이 '수량산출' 에 실패하면 상품 종류가 품절되거나 사이즈, 색상이 떨어져 판매기회를 잃게 된다.

당연한 이야기겠지만 잘나가는 상품은 충분히 확보해야 한다는 전제로, 매장의 면적이나 진열대 수납량이나 그때까지의 판매상황을 고려해서 '수량산출' 을 해야 한다. 이는 손님의 편의를 위해서뿐만 아니라 척 보기에도 다른 가게보다 상품구색이 좋고 잘나가는 상품이 많다는 인상을 주어 가게의 장점을 손님에게 어필할 수 있다. 이것이 무엇보다 중요하다고 해도 과언이 아니다.

4. 누구나가 신상품을 보면 흥분한다. 냉정한 눈으로 '과잉구입' 을 방지하자

대부분의 가게는 일반적으로 경영방침이나 판매계획, 매장면적이나 진열대 수납량, 진열 방법 등을 비롯하여 기준이 되는 재고량을 미리 결정해 놓는다.

하지만 기준재고를 잊어버리고 상품을 너무 많이 구입할 때가 종종 있다. 손님이 새로운 기술이나 소재, 디자인 등의 신상품에 흥분해서 (이것을 심리학에서는 '시각흥분' 이라고 한다) 자기도 모르게 충동구매를 하듯이, 늘 상품을 봐온 가게 상품구입 담당자도 신상품을 보면 자기도 모르게 흥분해서 너무 많이 구입하는 것이다. 하지만 이렇게 하다 보면 나중에 팔다 남은 재고 때문에 고생하게 된다.

앞에서 말한 세 가지 관점으로 냉정하게 물건을 구입하자. 이것이 '과잉구입' 을 방지하는 길이다.

5. 불충분한 상품점검은 손해를 낳는다. 납품 시 부지런히 확인 작업을 하자

상품의 구입처, 구입 일시, 제조명, 상표, 사이즈, 수량, 가격 등의 구입데이터에 기초해서 발주서대로 상품이 납품되었는지를 확인하는 작업을 게을리 하면 손해가 발생한다. 구두로만 약속하는 회사나 담당자에 대해서도 두말하면 잔소리다.

구입한 상품 발주 시 결정한 일시에 납품되지 않아도 판매 기회를 놓쳐 손해를 보지만, 납품할 때 점검을 철저히 하지 않아서 흠집 혹은 오래되고 부속품이 빠져 있는 등의 문제가 있는 상품이 나오거나, 수량 등이 잘못되어서 팔리지 않는 제품이 더 들어 있는 경우도 있다. 게다가 이런 문제 있는 상품을 반품할라 치면 상당한 시간과 노동이 필요하기 때문에 자원을 낭비하는 것이기도 하다. 아무쪼록 납품될 때 충분히 확인하도록 하자.

6. 잘나가는 상품을 확실히 파악하려면 재고조사를 자주하자

재고조사는 상품 종류나 품목의 재고수량을 체크해서 재고금액을 확인하는 것이다. 결산할 때 하는 재고조사에는 '장부 재고조사'와 실제로 상품을 세어서 하는 '실시 재고조사'가 있는데, 매장에서 손해를 줄이려면 이 실시 재고조사를 자주해야 한다. 그리고 잘나가는 상품이나 팔고 싶은 제품이 품절되었는지를 확실히 파악해서 신속하게 추가 발주 등을 해야 한다.

또 재고조사는 한 번만 하되, 할 때 확실히 해야 한다. 상품의 종류가 점점 늘어나고 있는데다가 비슷한 제품이 많아 복잡하기 때문에 2회 이상 재고조사를 하면 오히려 헷갈려서 틀리기 쉽기 때문이다.

참고로 가게 진열대별로 진열품 대장을 만들어 두면 실수 없이 빠르게 재고조사를 할 수 있다.

7. 팔릴 가망이 없는 상품은 헐값으로라도 처분해 재고를 줄이자

일반적으로 장사에서는 사들인 상품을 조금 싸게 파는 한이 있더라도 전부 파는 것이 가장 이상적이다. 하지만 장사를 하다 보면 상품구입에 실패하거나 판매기회를 놓쳐서 상품(체류재고)이 남는 일이 종종 있다.

이렇게 팔다 남을 것 같은 상품은 빨리 파악해서 매장 자리나 차지하는 '죽은 상품'이 되지 않도록 하자. 시기를 봐서 조금씩 가격을 내려서라도 전부 파는 것이 중요하다. 예전부터 장사는 가망이 없는 상품을 빨리 파악해서 처분하는 일이 중요하다고 한 것도 바로 이 이유 때문이다.

물론 제조업체나 도매상이 남은 상품을 다시 가져가 준다면 문제없지만, 너무 양이 많거나 시기가 나쁘면 가게에 불리한 조건으로 거래되기 쉽다.

체류재고는 가게는 물론 손님이나 도매상에게도 절대 도움이 안 된다.

8. '회전률', '회전기간'으로 잘 팔리는 상품을 체크하자

상품이 오래되어 유행에 뒤처지면 손해를 보게 된다.

이것을 피하는 가장 좋은 방법은 잘 팔리는 상품을 들여놓는 것이다. 이는 경영 관점에서 보면 어떻게 가게에 있는 재고의 '회전률'을 높일 것인가, '회전기간'을 줄일 것인가의 문제이다. 반면 손님을 생각하는 관점에서 본다면 어떻게 항상 새로운 상품을 선보일 것인가의 문제가 된다.

상품회전률은 1년, 6개월, 3개월, 1개월 등 특정기간에 들여 놓은 신 상품과 구상품의 재고가 몇 번 교체되는가를 보는 상품관리 계수(係 數)다. 참고로 식품점에서는 하루 동안의 총 손님 수를 객석 수로 나눈 것을 '객석 회전률'이라고 부르는데, 그 비율이 높으면 높을수록 하루 매출이 많아진다.

상품의 '회전기간'은 신상품과 구상품이 며칠 만에 교체되는가를 보는 것이다. 예를 들어 유행이 빠르게 바뀌는 곳에서는 회전기간을 2 주로 보는 가게가 많은데, 그 기간에 재고를 모두 처리한다고 치면 일 년은 52주이므로 26번 회전하게 된다.

9. 흠집 난 상품은 남는다. 관리상의 미비를 막을 수 있는 방법을 연구 하자

상품을 제대로 관리하지 못해서 생기는 손해도 문제다. 관리 불충분 은 상품의 더러움이나 파손, 분실, 도난, 변질, 품절 등 다양한 형태로 나타나 손해를 입힌다.

매장에서 판매하는 모든 상품은 새로워 보여야 한다. 다 팔려 나간 자리를 휑하니 비워 두거나 상품을 분실하고 도난당하는 것도 문제지 만, 제품이 오래돼 보이는 것은 더 큰 문제다. 일반적으로는 납품하거 나 진열할 때 너무 험하게 다루어서 제품이 더러워지고 흠집이 난다. 또 손님이나 판매원이 자주 만지는 바람에 흠집이 나서 팔 수 없게 되 거나, 오랫동안 한 곳에 계속 진열해 놓다 보니 패키지에 흠집이 나고 변색된 듯 보이며 먼지가 붙어서 오래된 상품처럼 되어 버리는 것 등 도 문제다.

손님은 항상 새로운 것을 추구한다. 상품 내용물에는 아무런 문제가 없어도 표면에 조금이라도 흠집이 있거나 더러우면 절대 사지 않는다.

사람은 새로운 것을 살 때 이미 누군가 만진 것이라고 느껴지는 것은 보기에 아무렇지 않아도 왠지 모르게 피하는 경향이 있다. 예를 들어 서점에 새로 발매된 잡지나 서적이 수북이 쌓여 있으면 우선 가장 위의 것을 한 번 훑어본 후 만약 사고 싶어지면 두 번째나 세 번째 것을 들고 계산대로 향한다. 그래서 요즘 서점들은 사진집이나 만화 등이 서서 읽는 사람들 때문에 더러워지는 것을 막기 위해 한 권 정도는 자유롭게 펴서 읽어 볼 수 있도록 견본품을 마련해 놓기도 한다. 이 방법은 다른 업종들도 시도해 볼 만하다.

■ 더러워진 상품 = 손해

잘나가는 가게 노하우 151가지

✓ 능력 있는 판매원을 양성하려면?

1. 요즘 시대가 요구하는 고객만족도는 점원 태도로 결정된다

요즘 가게는 '고객만족(Customer Satisfaction, CS)'이나 '고객감동'을 최우선으로 생각한다.

손님은 가게에서 상품뿐 아니라 안심하고 쾌적하게 쇼핑을 즐길 수 있는 분위기나 판매원과의 마음의 교류 등 여러 가지 만족을 추구한다.

만족이나 감동은 손님이 사전에 품었던 기대 이상의 것이나 지금까지 몰랐던 경험이나 체험을 제공하고, 혹은 다른 사람과의 교류를 하게 해 줌으로써 마음의 허전함을 채우고 치유해 줄 때 생겨난다.

특히 상품이나 점포 환경에 대한 만족이나 감동은 손님의 기대, 그 이상을 가져다주면 얻을 수 있다. 따라서 가게가 손님에게 항상 새롭고 특이한 것을 제공해야 하는 일은 숙명이라고 할 수 있다. 게다가 요즘 손님들에게는 갑자기 환희하는 장면을 보고 같이 취하고 싶어하고 자신도 그 분위기 속에 들어가고 싶어하는 '감동증후군'의 경향이 있다고 한다. 어찌 보면 가게가 고객 기대에 부응하기 점점 어려워지는 시대이다.

그런데 이런 시대야말로 기본이 가장 중요하다. 판매원은 손님의 입장에서 손님이 원하는 것이 무엇인가를 파악하고 그것을 만족시켜 주는 '쇼핑을 도와주는 마음의 서비스 요원', 그리고 '세일즈 스페셜리스트'가 되어 감동을 주어야 한다.

따라서 판매원은 가능한 다양하고 좋은 서비스를 많이 경험하고 체험해야 한다. 만족이나 감동은 지식이라기보다는 경험이나 체험으로 얻어지는 것이기 때문이다. 프로가 갈고닦은 좋은 서비스를 받아 보지 못하면 좋은 서비스가 어떤 것인지 알 수 없다. 따라서 스스로 서비스를 받는 입장이 되어 보는 것도 중요하다.

2. 손님을 이해하면 단골손님이 생긴다

요즘에는 예전처럼 모든 사람이 좋아하는 상품이미지란 것이 없어졌고 가게도 극심한 대경쟁시대에 돌입했다. 따라서 불특정 다수의 손님을 상대하는 것이 아니라 한 사람 한 사람과 쌍방향 대화를 해야 한다. 그리고 이를 통해 어떻게 손님의 내점빈도와 단골고객을 늘리고 유지하느냐가 중요해지고 있다.

이것을 다수를 의미하는 우리(We)가 아니라 나(I)로 전환해야 한다는 뜻에서 대인판매(Man-to-Man Marketing)이나 면대면 판매(Face-to-Face Marketing), 터치 투 터치 마케팅(Touch-to-

Touch Marketing)이라고 표현한다.

사람은 자기가 이해하고 싶은 대로, 즉 자기 좋을 대로 사물을 해석한다. 그래서 대화를 해도 상대에게 자신의 생각이나 감정을 전하는 일이 어렵고, 상대가 말하고자 하는 바를 정확히 파악하기도 매우 힘들다. 또 자신의 생각을 말로 다 표현하지 못해서 상대방에게 오해 받는 일도 많다. 따라서 기본적으로 자기나 상대의 생각, 감정이 그대로 전해지기는 어렵다는 사실을 우선 깨달아야 한다.

그러고 나서 손님과의 대화에 임해야 하는 것이다.

3. 좋은 인상을 주는 '자세', '걸음걸이'의 포인트는?

판매원에게는 가게의 취급상품을 반영하고 가게 품격에 맞는 자세가 요구된다. 고급품 전문점이라면 호텔리어처럼 약간 긴장한 자세가 좋은 인상을 준다. 물론 일반 소매점에서는 이런 자세가 딱딱한 느낌을 주기 때문에 손님에게 불편한 느낌을 안겨 준다. 그렇다고 해서 가족이나 친구를 대하는 듯한 아무 거리낌 없는 자세도 바람직하지 않다. 어느 정도 긴장된 표정으로 손님을 대해야 좋은 인상을 남길 수 있다.

손님은 가게 안에 들어섰을 때 점원이 있으면 상품 그 자체보다 점원의 자세에 먼저 눈이 가기 마련이다.

어깨가 앞으로 숙여진, 약간 구부정한 자세를 한 종업원이라면 단정치 못한 인상을 준다. 따라서 허리를 쭉 편 꼿꼿한 자세를 만들어야 하는데, 그러려면 섰을 때도, 걸을 때도 꼭두각시 인형처럼 머리 윗부분, 양 어깨, 머리 세 곳이 줄에 매달린 듯 행동해야 한다. 또 등을 펴려면 가슴을 앞으로 쭉 펴면 좋은데, 양쪽 어깨 뒤에 있는 좌우 견갑골(肩甲

骨)을 가볍게 모으면 힘을 들이지 않고도 자연스러운 가슴을 편 자세가 된다.

또 손님에게 다가갈 때의 걸음걸이도 중요하다. 단정치 못한 걸음걸이를 본 손님은 '아, 내가 환영받지 못하고 있구나', 혹은 '이 점원은 일할 생각이 없군', '팔 생각이 없네' 라고 생각한다.

따라서 바르고 깔끔한 걸음걸이로 걸어야 하는데, 그러려면 어깨를 위아래로 흔들지 말아야 한다. 외국인처럼 무릎을 쭉 펴고 뒤꿈치부터 착지하고 엄지발가락으로 차듯이 걸으면 된다. 이런 걸음걸이는 건강에도 매우 좋다고 한다.

◼ 꼭두각시 인형처럼 등을 쭉 편다

서 있을 때도

걸을 때도

4. 손님을 매료시키는 서 있는 자세와 인사

가게에서 손님을 맞을 때 기본은 느낌이 좋은 인사를 하는 것이지만, 서 있는 자세도 중요하다.

서 있을 때의 기본자세는 ① 양 어깨를 수평으로 한다, ② 턱을 내린다(너무 의식적으로 턱을 내리면 턱과 목에 힘이 들어간다. 대신 후두부를 늘리듯이 내려 자연스러운 느낌을 주어야 한다), ③ 등을 쭉 편다, ④ 손을 앞으로 모을 때는 '나는 당신을 공격하지 않습니다' 라는 뜻으로 오른손을 왼손 밑에 둔다, ⑤ 발은 양 무릎을 가볍게 맞붙여서 관절을 늘리듯 한다, ⑥ 발가락 끝은 가볍게 모으거나 아니면 45° 각도 이내로 약간만 벌린다.

◧ 호감을 주는 인사와 자세

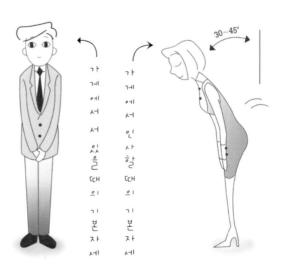

가게에서 서 있을 때의 기본자세

가게에서 인사할 때의 기본자세

30~45°

인사의 기본은 등을 곧게 펴고 허리부터 윗부분을 숙이는 것이다. 이때 각도가 깊으면 깊을수록, 동작 속도가 느리면 느릴수록 상대에게 성의 있게 보인다. 친구 등 비교적 잘 아는 사람에게는 가슴께를 볼 수 있는 15°정도가 좋지만, 일반적으로는 30°정도로 고개를 숙인다. 30°로 인사를 하면 시선이 상대의 발끝을 보게 된다.

또 공손한 인사는 약 45°각도, 상대를 높이고 자신을 낮출 때는 거의 자기 발끝을 본다는 느낌으로 약 45~60°가 좋다.

점원이 손님에게 인사할 때는 15°정도의 너무 가벼운 인사도, 45°이상의 너무 공손한 인사도 거부감을 주므로, 30~45°정도가 자연스러운 각도라고 할 수 있다.

5. 손님에게 친숙함을 느끼게 하는 좋은 웃음 만드는 방법

사람은 다른 사람의 얼굴 표정에서 많은 것을 읽는다. 음침하거나 언짢고 생기 없는 표정은 물론 마음에 무언가 근심이 있는 사람은 한눈에 알 수 있다. 그리고 대부분의 사람은 그런 표정을 짓고 있는 사람 옆에는 조심스러워서 가까이 가려 하지 않는다.

따라서 손님을 상대로 물건을 파는 판매원은 비록 기분이 나쁘더라도 다가서기 쉬운, 느낌이 좋은 웃는 얼굴을 해야 한다. 이것이 가게에 대한 손님의 인상을 크게 좌우한다.

다른 사람에게 친숙함이나 따뜻함을 느끼게 하는 웃음은 부처님이 미소 지으며 불교의 심오한 깨달음을 설파했다는 '염화미소(拈華微笑)', 말이 아니라 마음으로 통하는 '이심전심(以心傳心)'의 웃음이다.

또 손님은 활짝 웃는 얼굴로 부드럽고 차분하게 이야기하는 사람, 즉 판매원을 좋아한다.

이렇게 느낌이 좋은 웃음을 만들려면 첫째 항상 웃으려는 마음가짐을 가지고, 둘째 웃는 얼굴을 만드는 연습을 해야 한다. 사람은 마음가짐에 따라 얼굴이 변한다고 한다. 마음속에 지금까지의 인생이 좋았다, 행운이었다, 앞으로도 그럴 것이다 등의 긍정적인 생각이 있는 사람은 자연스럽게 느낌이 좋은 웃음을 웃을 수 있다. 또 '오늘 좋은 일이 생길 것 같아' 라고 생각하면 자연스럽게 얼굴이 부드러워진다. 따라서 매장에 나갈 때는 항상 좋은 일만 생각하도록 하자.

그리고 웃는 연습을 해야 한다. 참고로 파리의 카페나 레스토랑에서 일하는 사람들은 기분 좋게 웃는다는 말이 있는데, 그들은 항상 거울을 보고 웃는 연습을 하기 때문이다.

스트레스 때문에 얼굴 표정이 어둡거나 험악한 사람이 많은 지금, 매력적으로 웃지 못하는 사람이 많아 대형점포에는 판매원에게 웃는 방법을 가르치는 전문 트레이너가 있을 정도라고 한다. 소형점포는 그렇게까지는 하지 못하더라도 매장 뒤에 거울을 달아 놓고 매장에 나가기 전에 기분 좋은 웃는 얼굴을 만드는 훈련을 하도록 하자.

이때 주의해야 할 점은 '눈' 이다. 얼굴은 웃고 있는데 눈이 웃고 있지 않으면 상품을 팔기 위한 거짓 웃음이라는 느낌밖에 줄 수 없고 그러면 손님은 판매원을 피하고 만다. 서로의 마음이 통하는 친근한 느낌을 주려면 '눈' 으로 대화하는 것도 잊어서는 안 된다.

능력 있는 판매원을 양성하려면?

6. '손님을 맞이할 때 세 걸음, 손님을 배웅할 때 일곱 걸음'

일반적으로 사람이 손님을 맞이할 때는 그 사람 쪽으로 걸어가서 환영의 뜻을 표시한다.

가게에서는 손님을 환영하는 마음을 행동으로 표시해야 하는데, 이를 나타내는 말로 '손님을 맞이할 때 세 걸음, 손님을 배웅할 때 일곱 걸음' 이라는 것이 있다. 단 여기서 말하는 세 걸음, 일곱 걸음이란 정말로 세 걸음이나 일곱 걸음을 걸으라는 뜻이 아니라 감사하는 마음의 정도를 상징하는 것이다.

'손님을 맞이할 때는 세 걸음' 이란 수많은 가게 중에 자기 가게를 찾아준 손님에게 '잘 오셨습니다' 라는 감사의 마음을 전한다는 뜻으로, 몇 걸음 앞으로 가서 손님을 맞는 것이다.

'손님을 배웅할 때는 일곱 걸음' 이란 끝맺음의 중요성을 나타내는 말이다. 무슨 일이든 시작이 중요하지만 마지막 끝맺음을 잘 못하면 그때까지의 노력이 모두 수포로 돌아간다. 따라서 손님에 대한 마음가짐도 가게를 찾아 주었을 때보다 가게를 나설 때 더 중요하다. 접객 응대 기술의 관점에서 보면 손님을 맞이하는 시작이 '오프닝' 에 해당하고, 상품을 판매하고 돈을 받은 후는 '클로징' 이 된다. 손님의 가게에 대한 인상, 그리고 처음 가게를 찾은 손님이 단골손님으로 변하느냐 아니냐는 이 클로징에 달려 있다.

'물건을 팔았으니 이제 됐지 뭐, 다음 손님에게나 가 보자' 라는 마음은 행동이나 태도로 나타나기 마련이다. 손님이 가게를 나올 때 '뒷눈' 으로 똑똑히 보고 있다는 사실을 잊지 말자.

7. 신속한 대응이 좋은 인상을 준다

현대는 스피드가 요구되는 시대다. 따라서 사람들의 시간에 대한 감각도 예전보다 예민해졌다. 셀프서비스나 패스트푸드점, 인스턴트식품, 데우기만 하면 되는 레토르트 식품이 인기를 모으고, 예전보다 빨리 걷고 빨리 이야기하는 이들도 많아졌다. 특히 20, 30대 젊은이들은 TV나 영화 영상을 볼 때도 빠르게 변하는 장면에 기쁨과 쾌감을 느끼는 경향을 보인다고 한다.

또 가게에서의 쇼핑 시간도 짧아지고 있다. 사겠다고 마음먹은 상품 값을 판매원에게 건넨 순간부터 그 물건은 자기 것이라는 의식이 생겨나 가능한 빨리 자기 손에 들고 쇼핑을 끝내려고 하는 손님들이 늘어나고 있다.

이런 손님의 기분에 답하려면 앞에서도 이야기했듯이 진열상품의 정리정돈, 청소부터 손님맞이, 응대, 클로징, 계산, 포장 등 가게 안에서 이루어지는 모든 행동을 신속하게 척척 해야 한다. 그렇지 않으면 보고 있는 손님이 초조함을 느끼게 되어 나쁜 인상을 받게 된다.

8. 상대 얼굴 부근을 보는 일본식 눈 맞추는 법

손님은 판매원의 행동이나 동작을 주시한다. 특히 자기가 물건을 샀을 때나 판매원에게 무언가 물었을 때 어떻게 반응하는지 등은 의외로 잘 본다.

말을 사용하지 않고 얼굴 표정이나 눈, 손발, 그리고 몸동작이나 행동 등으로 생각이나 감정을 표현하는 것을 '신체 언어(바디랭귀지)'

혹은 '비언어전달(Nonverbal Communication)' 이라고 한다.

그중 하나로 서로 눈과 눈을 마주치는 '아이 콘택트' 가 있다. 일반적으로 일본인은 외국인에 비해 내성적이고 수줍음을 많이 타기 때문에 직접 눈을 보는 것을 좋아하지 않는다. 하지만 '눈동자[瞳]를 바라보다' 의 동(瞳)의 어원이 '사람을 보다' 인 것에서도 알 수 있듯이 눈동자를 통해 그 사람의 진심을 보는 것을 중요하게 생각하는 민족이기도 하다.

단 일본인은 외국인처럼 오랜 시간 뚫어져라 보지 않고 가끔씩 짧게 눈을 마주치며 상대를 판단한다. 손님을 대할 때에도 필요 이상으로 오랜 시간 뚫어지게 쳐다보거나 하면 손님이 왠지 모르게 불안해져서 기분 나빠할 수도 있다.

따라서 손님을 넌지시 보거나 혹은 눈이 아닌 상대의 가슴 부근에서 양 어깨, 머리 조금 위를 연결한 사각형(면허증 사진과 같은 범위) 중 한 곳을 보면 좋다. 그러면 손님은 '날 보고 있구나' , '내 이야기를 잘 들어주고 있구나' 라고 느낀다.

■ 시선은 이 테두리 안에

9. 손동작에 세심한 주의를 기울여라

대부분의 판매원이 그다지 신경 쓰지 않는 부분 중 하나가 '손'이다. 하지만 '손'은 어떤 의미에서 보면 얼굴 이상으로 정직하게 기분을 드러낸다. 사람을 환영할 때에는 부처님이 손바닥을 중생들을 향해 펼치듯 자연스럽게 손바닥이 상대방을 향하게 되고, 이야기하면서 몸동작을 할 때도 손을 자기 품에서 안듯이 움직이게 된다. 반대로 상대를 거부할 때는 팔짱을 끼거나 막대기를 잡을 때처럼 손등이 상대방을 향하게 된다.

마찬가지로, 손님을 맞이할 때는 왼손으로 오른손을 잡아 '공격하지 않습니다'라는 뜻을 전해야 한다. 그리고 손님을 맞이한 후에는 상품을 다룰 때나 이야기를 나눌 때 손바닥이 손님 쪽을 향하도록 해서 '잘 오셨습니다'라는 친애의 뜻이 나타나도록 해야 한다.

참고로 일반적으로 오른손잡이가 많기 때문에 오른손은 사용하는 빈도가 높다. 그래서 오른손에는 생활의 냄새가 짙게 배어 있다. 반면에 왼손은 그다지 사용하지 않기 때문에 생활의 냄새가 배어 있지 않다. 따라서 생활의 냄새가 나지 않는 아름다운 손놀림을 보이고 싶다면 오른손보다 왼손을 많이 사용하는 편이 좋다.

또 상품을 다룰 때에는 팔꿈치가 밑을 향하도록 해야 한다(그러면 겨드랑이를 가볍게 붙이게 된다). 무도(武道)나 스포츠, 서도에서도 팔꿈치가 밑을 향하도록 해서 손을 사용하는 것이 중요하다.

예를 들어 테이블에 요리를 내놓을 때 팔꿈치를 들어서 놓으면 '쾅' 소리가 나기 쉬운데, 이런 서투른 동작은 손님을 불쾌하게 만든다. 반면에 팔꿈치를 아래로 하면 테이블에 수평으로 음식을 낼 수 있어서 보는 이에게 산뜻한 느낌을 줄 수 있다.

이와 마찬가지로 손님에게 상품을 보일 때나 포장을 할 때도 팔꿈치를 아래로 내리고 손을 사용하면 상품을 정중하게 다루고 있다는 느낌을 준다.

또 손을 비롯하여 발도 몸에 맞게 움직이면 손님에게 괜찮은 인상을 줄 수 있다.

10. 판매원은 항상 주목 받고 있다. 몸가짐이나 행동에 주의하자!

요즘은 일용필수품(Commodity Product)을 싸게 파는 디스카운트 스토어라도 가게 외관이며 내장 모두가 쾌적하고 청결하지 않으면 손님이 싫어하는 시대다. 하물며 식료품을 판매하는 가게는 보다 철저히 위생에 신경 쓰지 않으면 손님이 등 돌리도록 만들고 만다.

가게 안에서 일하는 판매원의 몸가짐도 예외는 아니다. 유니폼이나 앞치마, 혹은 판매원의 복장 등이 손님에게 안도감과 청결감을 줄 수 있도록 해야 한다.

때때로 판매원은 자신이 상대한 사람만 손님이라고 생각하기 쉬운데, 실은 그 가게 앞을 지나가는 통행인은 물론 가게를 찾은 모든 사람이 손님이다. 따라서 연령이나 미적 감각, 인생경험 등이 전혀 다른 사람들이 자신의 행동, 헤어스타일, 몸가짐 등 모든 것을 항상 주시하고 있다는 사실을 잊어서는 안 된다. 특히 여성 판매원이라면 화장, 손톱에서 신발 관리까지 항상 청결을 유지해야 한다.

교단 앞에 선 선생님은 교실에 있는 학생 모두를 보지만, 그 많은 학생들은 선생님 한 사람만을 본다. 이와 마찬가지로 판매도 일 대 일 대응이 아닌 다수 대 일 대응이라는 인식을 해야 한다. 손님은 판매원 한 사람의 복장이나 몸가짐부터 일거수일투족을 본다. 따라서 앞에서 말한 자세와 인사도 자신이 상대하는 손님에게만 보여지는 것이 아니라는 사실을 명심하자.

참고로 매일 아침 감아서 깨끗한 머리라도 자꾸 흘러내려서 쓸어 올려야 하거나, 눈이나 얼굴을 반 이상을 가리는 긴 머리는 사람을 우울하고 음침하게 보이게 할 뿐 아니라 불결한 느낌을 준다. 따라서 식품 판매 등에는 어울리지 않는 것은 당연하고, 일반적인 상품을 판매한다고 해도 손님을 불안하게 만들어 구매의욕을 떨어트린다.

손님에게 물건을 파는 판매원은 머리를 짧게 자르거나 만약 긴 머리라면 묶거나 모자(물론 유니폼 모자)를 써서 단정하게 보이도록 하자.

11. 공간영역을 잘 이용하자

사람에게는 자기 몸 주위에 일정한 거리와 공간을 확보하려는 습성이 있다고 한다. 즉 다른 사람이나 사물과 심리적인 관계를 맺을 때 자신의 정신적인 균형을 지키려고 일정한 거리와 공간을 두려 한다는 뜻이다.

이 공간은 양손을 앞, 옆, 위로 뻗쳐서 확보되는 공간과 등 뒤에 있는 약간(등 뒤로는 손이 돌아가지 않으므로)의 공간을 합친 계란형으로, '공간영역'이나 '몸을 둘러싼 거품' 등이라고 불린다. 즉 사람에게는 자신의 공간(Territory Space)이 있다는 뜻이다. 그리고 이러한 대인 거리와 공간을 연구하는 학문을 '공간학' 혹은 '근접학'이라고 한다.

이 자신만의 공간이론에 따르면 정면은 자기주장을 하는 영역으로 대결하는 느낌이 강하고, 좌우 옆쪽은 사람을 가장 있는 그대로 받아들일 수 있는 영역, 그리고 등 뒤는 가장 공포감을 느끼는 영역이라고 한다.

따라서 판매원이 손님에게 다가갈 때는 뒤쪽 옆에서 비스듬히 다가서야 하고, 이야기를 할 때는 가능한 비스듬히 앞에서 하거나 옆에 서서 (상대가 자주 쓰는 오른손을 막지 않도록 왼쪽에 서서) 하는 것이 좋다.

또 상대와의 거리도 중요하다. 일반적으로 손님이 남성일 때는 여성일 때보다 거리를 두어야 하고 내성적인 사람에게는 외향적인 사람보다 거리를 두어야 한다.

참고로 미국의 한 조사에 따르면 손님 옆, 그것도 잘 쓰는 오른손 쪽이 아니라 왼손 쪽에 서서 상담(商談)하면 성공할 확률이 높아진다고 한다. 또 레스토랑에서도 손님의 왼쪽에서 식사 시중을 든다.

▣ 뒤에서 다가설 때는 왼쪽에서 비스듬히 다가서자

12. 친절하고 알기 쉽게 이야기하고, 귀를 기울이라

요즘 판매원은 자기가 판매하는 상품의 용도나 기능, 맛 등 모든 정보를 알아야 한다. 정보화 시대라 일컬어지는 오늘날, 손님은 자신이 원하는 상품에 관한 많은 지식을 알고 있음은 물론이요, 좋고 싫음이 분명하기 때문이다. 아울러 판매형식에 따라서는 일반적인 대화로도 충분할 때가 있지만, 그렇지 않은 상황이 발생했을 때 임기응변으로 재치 있게 대응할 수 있는 대화능력도 필요하다.

판매원의 상품지식은 손님에게 상품에 대해 정확히 설명하고 설득할 수 있는 것이어야 한다. 아무리 머리로 알고 있어도 손님 구미에 맞게 잘 설명하지 못하면 그것은 지식이 아니다.

따라서 손님의 사용목적이나 용도를 들으면서 대화 중간 중간에 상품정보를 제공하고 관련 상품도 소개할 수 있는 기술이 필요하다. 그리고 애매한 단어나 난해한 문구, 유행어나 어려운 업계전문용어는 가능한 피해야 한다. 애매모호한 말은 오해를 불러일으킬 우려가 있고 난해한 말이나 그 시기의 유행어, 전문용어는 손님이 알고 있으리란 보장이 없기 때문이다. 그래서 모르는 사람으로서는 자신을 바보 취급한다고 느낄 수도 있다. 요컨대 판매원은 친절하고 알기 쉽게 설명해야 하는 것이다.

그렇게 하려면 적당히 예를 들어 가며 이야기하는 것이 효과적이다. 그리고 자연스럽게 자기 페이스로 이야기를 끌어 가면서 손님을 끌어들이는 능력이 필요하다.

하지만 무엇보다 중요한 것은 일방적으로 이야기하는 '말 잘하는 사람' 보다는 손님의 이야기에 귀를 기울일 줄 아는 '잘 듣는 사람' 이 되어야 한다는 점이다. 예전에는 재치 있게 이야기할 줄 아는 판매 사원이 능력 있는 세일즈맨이라고 여겨졌지만, 지금은 손님의 이야기를 잘 듣고 손님이 원하는 것이 무엇인지를 파악할 수 있는 사람이 유능한 세일즈맨이다.

13. 손님의 이야기를 들으면서 천천히 정중하게 이야기해야 설득력이 있다

판매원은 가게를 찾은 손님에게 보통의 상식이 있는 사람, 혹은 물건을 파는 사람의 입장에서 '안녕하세요', '어서 오세요' 등의 상투적인 인사를 건넨다. 그런데 이런 말에도 표정이 있으니 바로 소리 내서 말했을 때의 느낌이다.

목소리 음색이나 음질은 선천적으로 타고나지만, 탄력 있고 확실해서 듣기 쉬운 명료한 목소리는 발성 연습으로도 충분히 기를 수 있다. 사회에서 성공한 사람 중에 목소리만 들어도 기분이 좋아지고 힘이 절로 나게 하는 '친절한 목소리'의 주인공이 많은 것을 보면 잘 알 수 있다. 다시 말해 목소리는 훈련을 통해 어느 정도까지 고칠 수 있는 것이다.

또 말의 속도도 중요하다. 예전에 비해 요즘은 말의 속도가 점점 빨라져 자기도 모르게 설명을 속사포처럼 쏟아 낼 때가 있는데, 손님에게 좋은 인상을 주고 자신의 이야기에 귀를 기울이게 하려면 천천히 그리고 정중하게, 말 사이에 간격을 두고 어미까지 확실하게 발음해야 한다.

또한 적당한 크기로 이야기해야 한다는 사실도 명심해야 한다. 때때로 주위 사람이 불쾌감을 느낄 정도로 큰 소리로 이야기하는 판매원이 있는데, 주의하자. 그 장소에 적합한 '크지 않고, 그렇다고 해서 너무 작지도 않은, 상대방에게 잘 들리는' 적당한 크기의 목소리로 이야기 해야 한다.

한편 목소리에는 그때그때의 감정이 배어 나오는 법이다. 예를 들어 사람은 자신이 없을 때에 조그맣고 자신 없는 목소리로 단조롭게 이야 기한다. 하지만 손님은 판매원이 너무 작은 목소리로 이야기하면 그 점 원을 믿어도 좋을지 고민하게 된다. 즉 정확한 상품지식을 가지고 있어 도 목소리가 작으면 손님의 판매원에 대한 신뢰감은 흔들리고 만다.

참고로 미국 캘리포니아 대학에서 실시한 한 연구결과에 따르면, 사 람이 상대방을 판단하는 근거는 태도나 자세, 손동작, 몸동작 등의 행 동, 얼굴 생김새나 표정 등과 복장을 포함한 외견이 55%, 화법이나 목 소리 크기, 말의 속도, 억양, 음색이나 음질이 38%를 차지한다고 한다. 그리고 고작 나머지 7%가 이야기의 내용이라고 한다.

또 NHK의 한 조사를 보면 '말보다 태도가 사람의 마음을 나타낸다 고 생각하는가?' 라는 질문에 '네' 라고 대답한 사람이 75%에 달했다.